MENVATTS

L'ÉCOLOGIE D'ODI

COLLECTION
CORBEAU

MENVATTS

L'ÉCOLOGIE D'ODI

Michèle Laframboise

ADA ÉDITIONS

Éditeur : François Doucet
Directeur de collection : Simon Rousseau
Révision éditoriale : Simon Rousseau
Révision linguistique : Amélie Hamel
Conception de la couverture : Mathieu C. Dandurand
Photo de la couverture : © Getty images
Mise en pages : Sébastien Michaud
ISBN papier : 978-2-89803-189-2
ISBN PDF numérique : 978-2-89803-190-8
ISBN ePub : 978-2-89803-191-5
Première impression : 2019
Dépôt légal : 2019
Bibliothèque et Archives nationales du Québec
Bibliothèque et Archives Canada

Éditions AdA Inc.
1385, boul. Lionel-Boulet
Varennes (Québec) J3X 1P7, Canada
Téléphone : 450 929-0296
Télécopieur : 450 929-0220
www.ada-inc.com
info@ada-inc.com

Imprimé au Canada

Participation de la SODEC.
Nous reconnaissons l'aide financière du gouvernement du Canada par l'entremise du Fonds du livre du Canada (FLC) pour nos activités d'édition.
Gouvernement du Québec — Programme de crédit d'impôt pour l'édition de livres — Gestion SODEC.

Catalogage avant publication de Bibliothèque et Archives nationales du Québec et Bibliothèque et Archives Canada

Titre : L'écologie d'Odi / Michèle Laframboise.
Noms : Laframboise, Michèle, 1964- auteur.
Collections : Collection Corbeau.
Description : Mention de collection : Collection Corbeau | Menvatts | Édition originale : Montréal : Éditions Porte-bonheur, 2015.
Identifiants : Canadiana 20190027185 | ISBN 9782898031892
Classification : LCC PS8623.A365 E26 2019 | CDD jC843/.6—dc23

À mon père,
Jacques Laframboise,
en souvenir de nos promenades en forêt

1

La patience d'une statue

Atteindre la patience de la roche.

Arran Noor a beau se répéter la devise inculquée lors de sa formation, il n'a rien en commun avec un minéral !

Un crabe de métal parcourt le gazon génétiquement altéré pour rester court. Soudain, il s'immobilise devant la haie où s'est tapi le jeune novice. Seuls ses pédoncules s'agitent, terminés par des capteurs infrarouges aptes à déceler tout animal à sang chaud. Ses huit pattes fermement plantées dans le sol, le robot attend. Après quinze secondes, le crabe s'éloigne dans un bruissement d'articulations lubrifiées.

Arran se garde bien de pousser le moindre soupir de soulagement.

La capacité du clown vengeur à se fondre dans le décor est le fruit d'un entraînement sévère, dispensé par les rares Odi-menvatts ayant atteint l'âge de la retraite.

S'introduire dans cette enceinte protégée n'a pas été de tout repos. Lanark Oxford, qui supervise sa mission, l'a largué au-dessus du jardin privé. Habile pilote, il a ralenti juste assez longtemps son S.P.E.E.K. en mode furtif pour qu'Arran en saute. Un câble élastique a évité au novice de se rompre les os en se recevant au sol.

Puis Oxford a relâché une nuée de cibles bien chaudes. Une centaine de petits ballons transparents à l'hélium ont dupé les deux drones qui survolaient – et surveillaient – le jardin. Par chance, ce n'était pas des M.O.R.F., ce qui aurait forcé Lanark à les détruire.

Néanmoins, des dizaines de crabes robots parcourent le gazon.

Pour passer inaperçu, Arran a enduit son corps d'une colle spéciale, puis de sable, qui lui confère un aspect minéral. Il sent poindre une démangeaison dans son dos. Lanark l'a assuré que cette colle laisserait respirer sa peau sans trahir sa chaleur corporelle. Le vengeur aurait préféré accomplir la requête avec son costume normal ; le chapeau et le long manteau noir auraient mis en valeur son visage maquillé de blanc et noir.

Hélas, un clown vengeur en probation n'a pas le loisir de choisir ses requêtes. Il n'a qu'un désintégrateur et sa canne à pommeau de bronze. Arme de prédilection des menvatts, la canne reflète aussi leur hiérarchie : Lanark Oxford possède une canne à pommeau d'argent, un grade au-dessus d'Arran.

Le ciel parsemé d'étoiles éclaire à peine les statues qui ornent le jardin. Sa canne et son désintégrateur attachés à son dos, le jeune homme rampe vers son objectif. Avant cette mission, Lanark lui a fait mémoriser le plan de la propriété à partir des documents d'archives volées. Arran s'y est appliqué comme un bon élève, avec tant de soins qu'il pourrait parcourir ce terrain les yeux fermés.

Au sommet d'une petite butte se dresse un socle portant la statue d'un jeune éphèbe. Arran comprend alors pourquoi maître Troy l'a choisi pour cette requête : sa splendide forme physique et sa taille correspondent de près aux dimensions de la statue.

Arran mémorise la position de l'éphèbe, les jambes écartées, un bras levé en signe de bienvenue, la bouche entrouverte sur une expression de surprise. Accroupi, il soulève un pan de gazon aux racines entremêlées. Il y creuse délicatement un trou peu profond, mais assez long pour accueillir sa canne.

Il empoigne son désintégrateur et le pointe vers l'éphèbe. La statue ne fait aucun bruit alors que ses atomes constituants se dispersent. Le désintégrateur rejoint vite la canne sous le pan de gazon. Une seconde plus tard, une nouvelle statue occupe le socle, alors que la brise souffle de fines paillettes de poussière.

Alerté par la subite bouffée de chaleur libérée par la désintégration, un crabe robot accourt. Son programme compare les formes devant lui au gabarit gravé dans sa mémoire. Arran espère qu'il ne détectera pas le métal de sa canne et de son désintégrateur.

Il attend, immobile. Finalement, le crabe s'éloigne.

De sa hauteur, son regard embrasse les quartiers résidentiels qui s'étendent au nord de la ville de Montag. Difficile de rester indifférent à ces jardins ponctués de fontaines illuminées et de plantes mutantes.

Au loin, Arran distingue le barrage qui retient les eaux du Grand Lac d'Arcure, rendu flou par la distance. Un rideau de fines gouttelettes s'en échappe, formant un arc liquide souligné par des projecteurs de sécurité.

Il imagine cette masse d'eau qui fracasse le fond du bassin, deux cents mètres plus bas. S'il se concentre, Arran peut même percevoir, sous la rumeur de la ville, le sourd mugissement de cette collision, si puissante qu'une partie de l'eau s'échappe sous forme de vapeur. Puis le torrent impétueux s'écoule dans un long canal qui disperse son énergie.

Construit une dizaine d'années plus tôt, le barrage a quintuplé l'aire du Lac d'Arcure. De part et d'autre du mur de béton qui retient les eaux, le menvatt distingue des arbres, survivants de la grande forêt inondée. Une forêt qu'il avait parcourue en tous sens, avec son père.

Le souvenir hante le jeune clown vengeur. Il revoit Rowan Noor, ses mains éternellement occupées par des instruments de mesure, ses bottes toujours boueuses, son regard malicieux sous sa casquette. Ce sourire confiant, cette voix calme lui manquent encore cruellement…

Un vrombissement lointain alerte le guetteur ankylosé. Il tend l'oreille : s'agit-il d'un avion-cargo qui assure la liaison vers le Sud ? Un S.P.E.E.K. d'Arcurides qui auraient eu vent de sa mission ?

La panique est un cadeau offert à tes ennemis, se souvient Arran. Il a attendu de longs mois pour participer à une requête : il ne peut se permettre le luxe de s'affoler !

Le grondement se rapproche, se précise comme le ronflement assourdi d'une nacelle. Cette fois, pas d'erreur, la cible se manifeste ! Arran doit à tout prix faire oublier le cuisant échec de sa première mission.

Une nacelle arrondie survole le jardin, ses flancs lisses sans la moindre marque d'usure, son parebrise miroitant cachant les occupants.

L'appareil neuf ralentit, son ronflement s'atténue jusqu'à devenir un souffle, puis il se pose comme une feuille d'automne. *Tiens, les propulseurs G-56 sont arrivés sur le marché,* note le jeune homme. Un clown vengeur est entraîné à piloter tout ce qui roule, flotte ou vole, de la trottinette à la navette balistique. Lors de sa formation, il a entendu parler de ces propulseurs G-56. Silencieux à l'atterrissage, ils amélioreraient certainement la flotte d'appareils usagés qu'utilise l'Ordre.

Le parebrise courbe se rétracte dans le corps de la nacelle. Un couple en descend. Le pilote est resté à l'intérieur. Un homme massif à la crinière grisonnante s'étire, plissant à peine ses vêtements chatoyants. Ceux-ci, de bonne coupe, confirment un haut rang social. L'élégance de sa tenue n'est amoindrie que par la gourde aplatie à sa ceinture. La fiole pourrait tout autant contenir une liqueur que des stimulants.

À côté de l'homme, une silhouette voilée ondule, un prélude à l'acte qu'ils s'apprêtent à commettre. Selon les informations de Lanark, l'épouse de la cible ne quitte jamais les quartiers bouclés de Montag. Ce jardin sert d'espace de divertissement pour l'homme et ses invités.

Le voile tombe au sol. Arran se concentre sur les routines mécaniques imposées par maître Joron lors de sa formation afin qu'aucune réaction de son corps ne le trahisse.

La femme nue est digne des enseignes de cliniques d'esthétique de Mirage-Sud. Équilibre entre les muscles et les courbes, grâce innée d'une danseuse apte à émoustiller les sens, elle pourrait être une escorte de sixième ciel. À ce niveau, les clients potentiels font l'objet d'un strict filtrage : les maquerelles qui gèrent les services d'escorte ne souhaitent pas perdre leur investissement.

Les deux nouveaux venus s'embrassent. Comme par jeu, elle s'écarte de lui. Il la poursuit à travers les buissons, s'éloignant de la vision périphérique d'Arran qui ne peut tourner la tête. Cependant, il remarque que, la poursuite achevée, les fidèles gardiens du jardin se retirent, leur cliquetis de pattes s'amenuisant.

Arran entend les rires étouffés et les soupirs du couple. Encore une passade de haut fonctionnaire mort d'ennui avec une nymphette. Pour ne pas se trahir, le menvatt se concentre sur autre chose en attendant le signal d'agir. Il cille très peu ; il sait qu'il aura mal aux yeux à force de les garder entrouverts comme ça. La colle qui lui donne un aspect minéral irrite ses paupières.

Sa cible, Dutton Kemble, occupe un haut poste au sein du ministère de la Technologie du Gouvernement légitime. Plusieurs laboratoires de recherche de la quadri-métropole relèvent de sa juridiction.

Arran révise mentalement les archives consultées avant la mission. Les fameux M.A.R.F.[1], ces espions volants, provenaient de ces labos. Un module automatisé de reconnaissance et de filature est une mini-soucoupe volante capable d'identifier et de suivre des menvatts.

Ces derniers ont appris à déjouer ces technologies, mais les chercheurs à la solde du Gouvernement légitime ne sont

1. Voir *Valse macabre*, de Guy Bergeron, dans la même collection.

pas restés les bras croisés : les M.A.R.F. ont évolué en M.O.R.F. (module opératoire de reconnaissance et de filature). Plus volumineux que son prédécesseur, le M.O.R.F. possède une autonomie améliorée par des capteurs solaires. Ces drones ne reviennent au bercail que pour leur recharge mensuelle.

Par chance pour les Odi-Menvatts en exercice, la surface plus grande des M.O.R.F. les empêche de se glisser partout. Cependant, les cellules caméléons sous le ventre de l'appareil le rendent quasi invisible vu d'en bas. Les moines chercheurs du monastère d'Odi s'activent à préparer une nouvelle contre-mesure…

Depuis une minute, cris et soupirs se sont amoindris. Le clown novice attend avec une patience de roche le signal de Lanark Oxford pour intervenir.

Leurs ébats apaisés, le couple réapparaît dans le champ visuel de la fausse statue. L'homme s'est rhabillé, il noue à son cou le foulard bleu qui a remplacé la cravate dans certains milieux huppés. Ils reviennent près de l'endroit où la toge légère de la femme traîne au sol.

— Tu avais une surprise pour moi ? demande-t-elle, avec une impatience manifeste.

Arran révise son opinion : une fille de sixième ciel est entraînée à ne manifester aucun émoi autre que ceux qui flattent l'ego du client. Celle-ci n'a pas atteint ce niveau. Il se demande où le fonctionnaire a pu la rencontrer.

— Je t'ai vu performer, dit-il. Tu danses comme aucune autre. Tu pourrais être une Viginti. Tu sais qu'elles viennent ici parfois pour danser aux fêtes.

La jeune femme glousse.

— Tu me flattes, me comparer à une Viginti !

Ces corps de danseuses d'élite agrémentent les fêtes intimes des membres du G.L[2]. Cette jeune nymphette est sans doute une humble danseuse de café qui espère gagner une faveur. Distrait, Arran songe que sa propre sœur aurait pu facilement devenir une Viginti…

– J'aimerais te garder toujours avec moi, dit l'homme.

– Hélas, tu ne peux pas !

– Pas à ma résidence, mais pourquoi pas ici… pour toujours.

Elle tourne la tête, cherchant une habitation dans ce jardin entouré de murs. Comme Arran, elle ne voit que des buissons et des statues.

– À manger de l'herbe ? Très peu pour moi !

L'homme ouvre la fiole à sa ceinture. Il en jaillit un tissu translucide qui arrache un cri de joie à la nymphette. Il l'attrape d'une main gantée.

– Voilà ma surprise… Un voile à la mesure de ta beauté.

Il prend le voile frémissant entre ses doigts, puis le dépose sur les épaules de la femme nue. Arran se retient de sourciller. Pourquoi l'amoureux porte-t-il des gants ?

– Ça chatouille ! s'exclame la jeune danseuse. Ça…

Sous le regard médusé d'Arran, le foulard ondule et s'étire. Deux battements de cœur plus tard, le tissu a enveloppé la femme, plaquant ses cheveux à son crâne.

Dès que le voile s'est refermé au complet sur elle, il durcit, cent fois plus vite qu'un métal qui refroidit, la pétrifiant instantanément. La statue nouvellement créée tombe au sol, un bras levé.

2. Gouvernement légitime.

L'homme ajuste son nœud de foulard.

— Garry, viens m'aider à placer ma nouvelle statue, dit-il dans son telcom. Ensuite, tu circuleras dans le quartier des divertissements. Tu diras que tu l'as déposée là-bas.

— Bien, monsieur, répond la voix du pilote.

Arran a du mal à contenir son indignation. Laisser accomplir un meurtre ne faisait pas partie de la requête ! Cette malheureuse va mourir d'asphyxie, si ce n'est déjà fait.

Son implant sous-cutané vibre. Le signal !

— Dutton Kemble, rugit-il.

Arran savoure l'expression horrifiée de l'homme qui voit une statue sortir de son immobilité, alors qu'il vient tout juste d'en créer une nouvelle.

— Mais c'est impossible ! Tu… tu es mort, pétrifié comme les autres !

La « statue » saute de son socle.

— À l'aide ! crie le meurtrier. Garry !

Le pilote ne répond pas. Kemble tourne la tête en direction de la nacelle, mais des bosquets sculptés bloquent sa vue.

— À nous deux, scélérat, lance Arran en arrivant à sa hauteur.

Kemble porte une main à sa ceinture. D'un coup de talon, le jeune menvatt lui brise le poignet.

La fiole roule dans l'herbe. Dutton Kemble tombe à genoux, étreignant sa main blessée. Faute de ligoteur, Arran l'immobilise d'un coup précis du bout des doigts, entre deux vertèbres.

Pendant que sa cible chute, le clown nu déterre rapidement sa canne. Il en dévisse le pommeau de bronze, d'où il déloge un cristal de requête. Il pose le cristal sur l'herbe et le déclenche.

Les notes du début de l'hiver des *Quatre saisons* de Vivaldi s'élèvent. Ce concerto est un peu lent au goût d'Arran, qui est davantage amateur des ballades asynchrones d'Hubert Timmins. Toutefois, il préfère ne pas tripatouiller le sélectionneur aléatoire de musique.

Le concerto diminue et joue en sourdine, alors qu'une voix féminine grave et posée déclare : « REQUÊTE n° 178230 présentée par OLIMAR DOU, mère de CASEY DOU, contre DUTTON KEMBLE. »

Le visage d'une femme brune aux joues creuses apparaît : « Dutton Kemble est un grand mécène de la danse. Ma fille a disparu. Or, deux personnes l'ont vue partir du petit théâtre Mercure avec Kemble. La justice a ignoré ma plainte. On n'a pas retrouvé son corps. Puis j'ai entendu dire qu'une statue à l'effigie de ma fille ornait son jardin flottant. Kemble a dû la faire poser comme modèle, puis la faire disparaître après. Je veux que cet immonde porc connaisse le même sort que celui qu'il a fait subir à ma pauvre Casey. »

Ses membres encore paralysés, Kemble ne peut qu'écouter, son visage contre le gazon. Il grimace de haine.

Ni Lanark Oxford ni maître Troy n'avaient mis Arran au courant des détails scabreux de cette requête. Mais après tout, il n'est qu'un novice à sa deuxième mission. Ou sa *première* mission réussie…

La voix neutre reprend. « CRIME : meurtre. CHÂTIMENT DEMANDÉ : mise à mort par justice poétique. »

— Justice poétique ? répète Kemble. C'est quoi ?

Le menvatt novice se pince les lèvres. Après avoir mené sa propre enquête sur la disparition de la jeune fille, Lanark Oxford a dû tirer la conclusion que Kemble possédait un moyen de pétrifier ses victimes. Mais Arran aurait aimé être mis au courant. Une requête de justice poétique est nettement plus difficile à réaliser qu'une simple mise à mort. La punition doit s'ajuster à la nature du crime. Aux yeux du Cercle, ce châtiment, bien exécuté, démontre une grande maîtrise.

Lanark va gagner son pommeau d'or avec cette mission, se dit le jeune homme.

En principe, c'est son confrère qui doit accomplir le rituel, mais il n'est pas encore là. Arran a été trop accaparé par son intervention pour remarquer le sifflement d'un S.P.E.E.K. en mode furtif. Tant pis, ils ne peuvent s'éterniser dans ce faux paradis. Le menvatt saisit la fiole d'allure anodine d'une main et sa cible de l'autre. La fiole est plus lourde qu'il ne s'y attendait : son contenu possède une haute densité.

Kemble proteste.

— Je vous en prie, je ne le ferai plus, je vous le jure !

Arran songe à la jeune fille fraîchement pétrifiée.

— Y a-t-il un moyen d'annuler ce processus ? demande-t-il. Parle !

— Les… les fonctions vitales sont arrêtées dès que le foulard s'est refermé…

Arran conserve un visage le plus neutre possible, faisant appel à ses longues heures de méditation à la Cité blanche. Mais il subsiste un soupçon de colère dans sa voix au moment où il s'écrie :

– Que la vengeance d'Odi s'accomplisse sur toi.

Il jette sa canne de côté. Puis il saisit la fiole en s'assurant que ses doigts couverts de cire n'entrent pas en contact avec le goulot. Un mécanisme sophistiqué doit produire cette toile pétrifiante comme une araignée. Tournant le contenant vers Kemble, il repère un cercle jaune, et y presse un doigt…

– Noooooon !

L'embout éjecte un nouveau carré de tissu fin comme de la soie qui retombe sur Kemble.

– Je vous paierai ! supplie celui-ci. Tout ce que vous…

Le voile pétrifiant met un point final à la tentative de négociation.

Une statue de pierre d'un homme au rictus d'épouvante a remplacé Kemble. Arran tient encore la fiole au creux de sa main moite.

C'est sa première fois.

Troublé, il lâche l'objet, qui roule et s'arrête contre la jambe de la nouvelle statue. Le menvatt novice observe les plis du pantalon aplati qui courent contre la peau de la cible. Les autres statues sont nues. Il a commis un léger accroc au châtiment de justice poétique.

Lanark, lui, aurait songé à faire déshabiller la cible avant d'employer l'instrument. D'ailleurs, Arran se demande où est passé son collègue.

Bon, au moins, la requête a été satisfaite, se dit le novice.

Son regard tombe sur la fiole qui traîne au sol, un déchet dangereux et trompeur. Une salve de désintégrateur oblitère l'objet.

Arran Noor s'éloigne du cercle d'herbes calcinées pour accomplir la suite de la mission.

• • •

Gardant en tête le signalement de la disparue, Arran ne tarde pas à retrouver la statue de la jeune Casey, ses longs cheveux plaqués à son corps par la toile pétrifiante.

Toujours pas de Lanark en vue. Il devait pourtant aider le novice à déplacer la victime statufiée… Le menvatt a pu croiser des patrouilleurs de légiokhans. Leurs appareils sont plus petits et moins puissants, mais même un bon pilote comme Lanark mettra du temps à les semer.

Relevant son pommeau, Arran active le laser de sa canne. Il sectionne la base de la statue, qui tombe. Les plantes des pieds révèlent des morceaux d'os et de muscle bien conservés sous le métal.

Puis, non sans effort, il hisse la statue de Kemble sur le socle, en lieu et place de la jeune fille. Par chance, la symétrie de la position agenouillée rend stable la statue du fonctionnaire pervers.

Il ne sait pas combien d'invités de la prochaine fête remarqueront la substitution. Alors qu'il vient de ramasser la statue de Casey, plus légère, trois crabes alertés convergent vers lui. Bien entendu, Arran a déposé sa canne au sol pour accomplir sa pénible tâche. L'instrument gît hors de sa portée...

Un halo rouge enveloppe le crabe le plus rapproché, qui frétille convulsivement, puis noircit dans un grésillement métallique.

Les deux autres crabes subissent le même sort avant de pouvoir s'approcher davantage. Une odeur d'huile rance et de cuivre brûlé agresse l'odorat d'Arran.

– La grâce d'Odi t'accompagne, dit une voix.

Lanark Oxford s'avance, projetant sa sombre élégance de clown vengeur, son manteau négligemment jeté sur ses épaules, son sourire aux dents effilées luisant dans la pénombre. Une marguerite jaune s'épanouit à sa boutonnière. Il tient sa canne en position d'attaque, pointée vers le gazon. Sous le pommeau d'argent relevé, l'œil rouge d'un projecteur laser, désactivé, achève de s'assombrir.

Clac ! Il remet le pommeau en place, puis trace un large cercle de sa canne, faisant siffler l'air.

– Eh bien, je vois que tu ne m'as pas attendu, dit-il, le maquillage de clown vengeur étirant son sourire en un inquiétant rictus.

– Euh... La... la requête a été accomplie, bafouille Arran.

Il n'ose demander au menvatt la raison de son retard. Du coin de l'œil, il voit que Lanark tient un cristal dans sa main.

M'Odi ! blasphème intérieurement le novice : il a laissé traîner le cristal de requête ! Cette faute sera rapportée au Cercle, qui administre toutes les requêtes de la région. Ça n'augure pas bien pour sa montée en grade.

Mais qui pouvait rester indifférent à l'atrocité dont il a été témoin ? Lanark sifflote en empochant le cristal.

— Bon, on retourne au bercail, dit-il.

C'est, bien sûr, Arran qui doit transporter puis charger la statue de la malheureuse dans la cabine du S.P.E.E.K. Lanark évite tout effort excessif.

Le S.P.E.E.K., transport aérien à la fois puissant et rapide, domine la petite nacelle de Kemble.

En passant devant la nacelle, Arran aperçoit par la porte ouverte le pilote effondré sur son siège.

— Tu l'as tué ? demande-t-il.

— Ce n'était pas dans la requête. Il n'est que paralysé.

Lanark ajuste sa marguerite.

— Au fait, tu as récupéré son filet meurtrier ? demande-t-il.

— Euh, tu veux dire le truc qui crache un voile ?

— Ben oui, le Bronzé ! Je ne parlais pas de son peigne !

Arran sent poindre un léger malaise en lui. Avait-il bien retenu les instructions données juste avant leur décollage ? Sa nervosité a pu lui jouer des tours. L'échec cuisant de sa première mission en solo le tenaille encore.

— Je… je l'ai détruit, dit-il. Ce tissu pétrifiant… c'était affreux.

Lanark hausse ses sourcils en accents circonflexes.

— Le Cercle aurait souhaité en obtenir un exemplaire, explique-t-il d'un ton neutre qui masque mal sa déception.

L'impulsivité d'Arran a pu lui faire perdre des points, mais son orgueil reprend le dessus.

– Ce n'était pas dans la requête, répond froidement le jeune homme.

Le clown à la canne d'argent hausse les épaules et grimpe aux commandes du S.P.E.E.K. Avant de refermer la porte de la cabine, Arran jette un dernier regard sur le jardin. L'autre statue, celle de la nouvelle assassinée dont il ne connaîtra jamais le nom, est renversée sur l'herbe, des crabes grouillant autour d'elle.

Le clown vengeur murmure une prière.

« Puissant Odi,
étends Ton manteau
sur cette femme tombée,
que Ton sourire féroce
mette en fuite les démons
qui troubleraient son sommeil. »

• • •

Lanark pilote le S.P.E.E.K. pour le vol de retour. Solitaire par nature, il n'a pas apprécié que le Cercle lui impose comme coéquipier de mission un aspirant à peine sorti du temple d'Odi… et ayant raté sa première cible.

Bien sûr, aucun mot n'a été échangé sur ce sujet épineux.

Arran profite du long trajet pour se nettoyer aux ultrasons de la colle et des grains de sable qui lui donnaient une allure minérale. Il enfile un pantalon et un gilet confortables en élastine renforcée. Auparavant, il a dissimulé sa canne à pommeau de bronze et son désintégrateur dans un sac à dos d'allure anodine.

Alors qu'il lisse ses cheveux noirs, l'appareil tressaute, le projetant dans la cabine de nettoyage. Arran se rattrape de justesse au pommeau de la douche.

— Qu'est-ce que c'est ? s'écrie-t-il.

— Bah ! Sûrement une poche d'air, répond l'Odi-menvatt.

Lanark se tourne à demi. Il observe le novice qui agrafe sa veste. Son teint mat, son nez prononcé et ses épais cheveux noirs le démarquent des habitants de Mirage-Nord.

— Tu as la mine basse, le Bronzé.

Soulagé de quitter le funeste théâtre de cette mission, Arran a relâché sa garde. Sans son maquillage de clown, son visage est un livre ouvert.

— Les premières requêtes, ça fait souvent cet effet-là, dit Lanark.

Sans doute heureux de la fin de cette mission, l'Odi-menvatt à canne d'argent se permet un brin de compassion.

— Les gens n'arrêtent pas d'inventer de nouvelles façons de s'occire, soupire Arran en repensant à la jeune danseuse pétrifiée. Bientôt, je me demande si notre Ordre sera encore utile.

Il couvre ses yeux rougis de ses mains.

— Bah ! Laisse ces questions philosophiques aux moines d'Odi ! répond Lanark.

Des fontaines illuminées de couleurs pastel annoncent le chic quartier nord. Ils survolent une série de résidences cossues, entourées d'une bulle protectrice dont seule la réfraction trahit la présence.

Une autre secousse ébranle le vaisseau. Arran ajuste son sac à dos, un brin nerveux.

— Des Arcurides nous tirent dessus? demande-t-il.

Ces soldats d'élite, descendants du grand guerrier Arcure, sont les exécutants du Gouvernement légitime. Un de leurs objectifs principaux : éliminer les Odi-menvatts.

Lanark sourit, découvrant les dents aiguisées de sa prothèse de clown vengeur.

— Non, tout semble en ordre. Sans doute une défectuosité des stabilisateurs. Je les ferai vérifier à mon arrivée. Bon, on approche de ton point de chute, le Bronzé!

J'aimerais bien qu'il cesse de m'appeler comme ça, pense le jeune clown vengeur. Vivement qu'il obtienne sa canne d'argent!

— Terminus! annonce joyeusement Lanark.

Une trappe s'ouvre sous les pieds d'Arran, lui arrachant presque un cri.

Le clown chute vers un toit d'immeuble hérissé d'antennes. Au dernier moment, l'altimètre du parachute intégré dans le sac à dos en actionne l'ouverture. Soumis à une brusque tension, Arran a l'impression de grandir de dix centimètres.

Tirant sur les courroies de son parachute, il atterrit sur le toit en évitant de s'empaler sur les antennes dressées. Lanark aurait pu mieux choisir, quand même! Au cas où un malin aurait observé son arrivée aérienne, Arran dévalera les escaliers externes, puis se fondra dans la circulation pédestre de Montag. La ville, sise dans Mirage-Nord, une des quatre zones politiques du Cinquième Continent, s'enorgueillit de la proximité du Grand Lac d'Arcure.

Pour le moment, le clown vengeur se laisse aller à un vif soulagement. Il a hâte de réintégrer son envirologis. Sa deuxième mission s'est bien déroulée. Il espère que sa prochaine sera encore mieux et, surtout, qu'il sera vêtu cette fois.

Arran suit des yeux le point rouge qui s'éloigne vers le nord. Le S.P.E.E.K. en mode furtif n'est trahi que par les gaz surchauffés crachés par les réacteurs.

Lanark Oxford va faire son rapport aux membres du Cercle régional. Limité par son statut de novice, Arran ne sait pas encore où se cache le repaire du Cercle.

Il sait cependant que le compte rendu de Lanark sera retransmis au monastère d'Odi, bien dissimulé dans les montagnes du Nord.

Le jeune menvatt plisse les yeux, alerté par le mouvement irrégulier de l'étoile rouge du S.P.E.E.K. L'appareil vacille de part et d'autre, comme si le pilote hésitait entre deux directions. Puis le point rouge perd de sa brillance, un signe que les tuyères ont cessé de cracher leurs gaz brûlants. Privé de la vitesse qui le maintenait en vol, l'appareil «décroche» et tombe comme une pierre.

Arran Noor tend instinctivement les bras, comme si sa volonté pouvait freiner la chute de seize tonnes d'acier et de carburant.

Une boule de feu éclate entre deux édifices.

2

L'écologie d'Odi

Arran s'assoit sous la couronne fauve d'un arbre-poubelle. Le tronc anormalement lisse témoigne des manipulations génétiques pour obtenir cette espèce. Ses centaines de branches hérissées vers le ciel lui donnent l'air d'un plumeau géant. Ses grandes feuilles jaune clair se moquent des saisons.

À la base de l'arbre, des champignons bruns absorbent et métabolisent les papillotes de bonbon et autres petits déchets que le vent fait rouler vers eux.

Ces champignons n'avaient pas été prévus au programme, avec leur capuchon creux penché au ras de l'herbe comme une bouche avide. Toutefois, cette association avait permis d'éliminer quelques emplois de nettoyeur de parc.

Une tempête de cris de joie s'élève d'une fête d'enfants en plein air. Ils se renvoient une grande balle dont la surface annonce les bienfaits des systèmes d'alarme Leeds, « qui veillent jour et nuit sur votre famille ».

Puis les bambins excités accueillent un personnage vêtu de rouge et de jaune qui porte une grande valise. Son gros nez rouge instille un malaise indéfini chez le menvatt. Pourtant, les jeunes le prennent d'assaut, ignorant les avertissements des mères ou des gardiennes qui étalent des collations sur une table. Les pères, eux, se tiennent en retrait, discutant des misères à dénicher un boulot convenable.

Dans le modeste quartier de Malahide, les appartements ne sont pas assez grands pour y tenir une fête. Alors, beaucoup de parents se rassemblent dans un parc public.

— Doucement, les amis ! s'écrie l'amuseur public.

— Est-ce que tu vas nous faire un tour de magie ? demande un garçon.

— Oui, mais il faut vous asseoir.

Lorsque les enfants se sont calmés, il ouvre sa valise et en sort une table pliée. Il y pose des cubes de mousse plastique et d'autres objets.

— Et maintenant, dit le clown en pantalons bouffants, je vais faire disparaître par magie un de ces cubes.

Arran observe les tours de l'amuseur d'un œil critique. Il s'y connaît un peu en prestidigitation. En réalité, il aime regarder ces jeunes visages qui s'émerveillent d'un rien. Les parents, par contre, ont les yeux cernés par la fatigue et les soucis.

En dehors des visites de son neveu, c'est le seul contact avec des enfants que l'Odi-menvatt peut s'octroyer. Bien sûr, le jeune homme savait qu'il ne pourrait pas fonder de famille en s'engageant dans cette voie.

Un « Oooooh » ébahi s'élève alors que l'animateur découvre une carte de jeu sur une petite fille coiffée d'un diadème.

— À table, les enfants ! appelle une voix féminine.

Une joyeuse cavalcade s'ensuit.

Arran enfile une visière argentée : les lunettes d'interface couvrent la moitié de son visage. Puis il met en place des écouteurs hermétiques avec un micro ultra-sensible. Le silence remplace aussitôt les rires des enfants.

Aux yeux des promeneurs, il a l'air d'un des nombreux adeptes de jeux immersifs en 3D. Certains lèveront le nez, estimant qu'il ne semble pas assez riche pour se payer le module corporel intégral.

En réalité, il communique avec le Cercle régional qui administre les requêtes visant la zone d'influence de Mirage-Nord. Un subvocaliseur capte ses paroles murmurées. Un puissant crypteur les transforme en une bouillie sonore indigeste avant de les transmettre. À l'autre bout, le décrypteur du Cercle accomplit la tâche inverse.

Malgré la protection offerte par le cryptage du signal, le menvatt novice s'interdit d'utiliser cette technologie à l'intérieur de son biotope. Les relais et les infrastructures par lesquels transite son signal codé ont été mis en place par des compagnies sous l'égide du G.L. Un pactole pour les compagnies, à condition qu'elles rapportent toute anomalie. Trop de messages cryptés provenant de son logis attireraient l'attention des contrôleurs, car quel honnête citoyen aurait besoin de cacher la teneur de ses communications ?

Lanark n'a pas eu le temps de transmettre un rapport. Arran relate en peu de mots l'accident dont il a été témoin la nuit précédente.

– Puisse Odi accueillir notre frère Oxford, dit Mulmur Troy.

Le visage du maître Menvatt est blanc comme celui d'un mime, avec deux larmes noires sous chaque œil. Derrière lui s'étale un paysage aussi verdoyant que virtuel, typique des fenêtres-écrans de sa retraite.

– Par chance, nos véhicules possèdent un dispositif d'autodestruction, se rassure-t-il. Les Arcurides ne trouveront rien qui leur permettrait de remonter à nous. Comment s'est déroulée la requête ?

Arran lui relate les détails de sa mission. Dans ses lunettes, l'image de Mulmur Troy hausse les épaules.

– Il est regrettable que vous ayez détruit ce… foulard.

– Pourquoi ?

– L'Ordre est à l'affût des moindres progrès technologiques qui pourraient donner au pouvoir officiel un avantage sur nous.

Le jeune homme change de sujet.

– Cet accident m'inquiète : pourrait-il s'agir d'un défaut mécanique ?

Le visage de mime se froisse un instant, faisant onduler les larmes peintes.

– Jeune disciple, rien n'est laissé au hasard. Chacun de nos appareils est révisé par les mécaniciens du monastère d'Odi. Et maintenant, vous feriez mieux de couper cette conversation avant que les légiokhans ne vous détectent.

À regret, Arran retire ses lunettes d'interface. Plus loin, les enfants ont entamé le gâteau. Le clown de divertissement est reparti avec sa valise.

La rebuffade de maître Troy l'ennuie. Le maître semblait plus préoccupé par le foulard que par l'accident qui lui a ravi un menvatt.

Le jeune homme aurait mieux aimé avoir affaire au maître instructeur de la Cité blanche. Ferris Quinte répondrait avec patience aux questions qui le taraudent. Arran se remémore une conversation qu'il avait eue avec lui au monastère d'Odi, deux ans plus tôt.

• • •

– Pourquoi l'Ordre Odi-menvatt refuse-t-il la plupart des requêtes ?

Ferris Quinte pose ses mains osseuses sur le garde-clown du balcon, sans doute pour réfléchir à la question posée par le jeune disciple.

Devant eux, des pics acérés découpent le ciel d'un bleu intense. Un grand cirque de pierres craquelées entoure un glacier dont la surface ruisselle sous les rayons du soleil. Les eaux de fonte forment un torrent qui frôle les murs du monastère.

Deux disciples se baignent dans l'eau glacée du torrent, sous le regard acerbe d'un instructeur armé d'un fouet électrique. Arran s'y est trempé l'an dernier : engourdi par l'eau froide, le candidat en formation doit puiser dans sa volonté la force de se défendre d'une attaque. Et courir très vite pour ne pas récolter de marques de fouet sur ses parties tendres…

– S'il fallait accéder à toutes les requêtes sans discrimination, répond le maître menvatt, l'Ordre tomberait vite à court de clients.

– Ce ferait plaisir à Odi, non ?

Le maître suit la nage féroce d'un des candidats pour échapper au fouet.

– Mais il ne resterait guère de gens pour le vénérer, dit-il. Arran Noor, ton père était un spécialiste en écologie. T'avait-il expliqué le rapport proies-prédateurs?

– Oui, répond le jeune homme avec fierté. Les populations de prédateurs suivent de près celles de leurs proies.

– Et qu'arrive-t-il lorsque la population de proies s'effondre? demande maître Quinte.

– Les prédateurs disparaissent à leur tour.

– Eh bien, l'Ordre Odi-menvatt doit lui aussi respecter certaines limites «écologiques» s'il veut perdurer.

– Sur quels critères se base l'Ordre pour sélectionner les requêtes?

Ferris Quinte énumère ces critères sur ses longs doigts.

– La validité de la requête, la gravité des accusations, le châtiment exigé... L'Ordre exerce un sévère contrôle sur les demandes.

– Et l'âge du requérant?

– Que veux-tu dire?

Arran se souvient de ses colères d'enfant. Sarnia et lui se disputaient souvent. Leur mère avait fort à faire pour les séparer. Il se rappelle surtout la fois où sa sœur avait glissé un cactus sous ses draps. Il avait hurlé quand il s'y était piqué les orteils.

– Par exemple, supposons que l'Ordre reçoit une requête venant d'un enfant de sept ans qui s'est disputé avec sa sœur.

Les yeux sombres de Ferris Quinte se plissent, comme si le maître menvatt lisait dans son esprit.

Après l'affaire du cactus (qui avait bien fait rire son père), le petit Arran avait composé une requête contre sa sœur. Toutefois, ignorant comment contacter un clown vengeur, l'enfant avait glissé le bout de papier sous son oreiller. Avec le temps, il l'avait oublié.

La requête froissée avait fini par disparaître, sans doute lors d'un ménage.

– Si un enfant de cet âge parvient à déposer une requête en bonne et due forme – et je suppose qu'il aurait alors pillé le compte bancaire d'un de ses parents –, le comité de filtrage se contente de mettre la demande en suspens pour quelques années. Généralement, le temps efface la colère du jeune requérant.

– Mais supposez, Maître Quinte, qu'un enfant subisse de mauvais traitements aux mains de ses parents ?

– Alors, l'Ordre envoie un enquêteur meschikhâs pour vérifier la validité des accusations.

Les meschikhâs sont des spécialistes de l'infiltration et du renseignement. Espions habiles, ils forment une branche distincte de l'Ordre.

Le maître menvatt sourit.

– On ne va pas assassiner des parents bien intentionnés pour une fessée. Si des sévices sont confirmés, le comité délibère. Expédier des parents *ad patres* laisserait un orphelin mûr pour les légiokhans. Dans les rares cas où une telle requête doit être exécutée, l'Ordre adopte le requérant, et ses frères le cas échéant. Ils grandissent parmi les moines.

– Et pour les orphelines ?

– L'Ordre veille à les faire adopter par une famille convenable.

– Et les requêtes provenant d'adultes ? Comment évaluez-vous leur validité ?

– Bien des gens fondent leurs sentiments sur de fausses causes.

– *La rancune se construit une forteresse et s'y enferme.*

Les *Vérités immuables du Grand Odi* contiennent des centaines d'aphorismes. Appris par cœur, ils soutiennent la résolution du disciple au milieu des épreuves.

– Exact, Arran Noor. Il fut un temps où les Odi-menvatts acceptaient n'importe quelle requête, même quand la sévérité du châtiment était sans commune mesure avec la faute reprochée.

– Ils proclamaient que coupables et innocents finissaient l'un et l'autre entre les mains du Vengeur ultime.

– Tu as bien étudié tes archives. Cependant, les maîtres menvatts de l'époque qui ont adopté cette politique d'indifférence s'en sont mordu les doigts.

– Comment, Maître Quinte ?

– Les Odi-menvatts actifs se sont multipliés comme des mouches, entraînant en deux générations une grave pénurie de clients. Devant cette situation, l'Ordre a jeté les bases d'un processus de filtrage. Le premier filtre est pécuniaire. Le coût d'une requête est assez élevé pour y penser à deux fois avant de déposer une demande frivole. Toutefois, ce tarif n'est pas inaccessible aux moins nantis.

– Pourtant, Maître Quinte, l'Ordre refuse les trois quarts des demandes provenant de requérants très fortunés. Ce n'est pas de la bonne comptabilité.

— Hum, tu viens de finir ton stage aux finances, toi !

Le maître pose son regard sur le glacier étincelant.

— Imagine, alors, qu'un politicien véreux veuille se débarrasser d'un rival. Il n'a qu'à inventer un prétexte personnel, par exemple, que son adversaire politique est l'amant de sa femme. Alors, notre politicien enregistre sa requête, paie la somme à l'Ordre et… *couic !*

Son index tranche l'air au niveau de sa gorge.

— Plus d'adversaire aux élections, conclut le maître.

— Bah ! s'écrie Arran. Le Gouvernement légitime est un ramassis de corrompus. S'ils se tuent entre eux, ça m'est bien égal !

— Ce sont des humains comme toi et moi. L'exemple vaut aussi pour un vice-président qui lorgne le siège du président de son entreprise, ou pour un professionnel qui souhaite écarter un collègue pour obtenir une promotion. La corruption que tu crois lointaine s'insère jusqu'entre les murs de la Cité blanche.

Le ton du maître a pris une connotation amère.

— Ici ? s'écrie le novice, horrifié. Impossible !

— L'image trépidante du clown vengeur attire bien des adolescents en mal de sensations fortes. Et parfois, des sadiques se sont glissés dans nos rangs.

— Comme ce Jordan[3] dont j'ai lu la vie dans les archives, qui torturait ses cibles… Brrr !

En bas, les candidats qui viennent de sortir de l'eau glacée vacillent sur leurs jambes engourdies.

— Et toi, Arran Noor, qu'espérais-tu quand tu as frappé à notre porte ? Des sensations fortes ? Une vie excitante ?

3. Voir *Valse macabre*, de Guy Bergeron, dans la même collection.

– Non, pas du tout, Maître. C'est… c'était après la mort de mes parents. Ça m'a rendu furieux.

– Et ton désir de justice brûle en toi depuis ce temps?

Un coup de fouet claque. Les trois novices se sauvent, les roches piquant leurs pieds nus. Ferris Quinte sourit.

– L'Ordre recherche des candidats à la fois assez matures pour ne pas céder à l'excitation du sang versé, et assez jeunes pour endurer les exercices rigoureux. Ensuite, les instructeurs ont pour tâche de débusquer les candidats qui risquent de se laisser corrompre par la légitimité de tuer que leur procure le statut d'Odi-menvatt.

Un des candidats, les pieds en sang, s'est laissé distancer par les autres.

– Et qu'arrive-t-il à ceux qui ne sont pas assez forts? demande Arran, remuant ses orteils par sympathie.

Quinte lui désigne un acolyte en bure noire qui traverse leur galerie couverte.

– Les candidats incapables de supporter l'entraînement restent à la Cité blanche et se rendent utiles. Idem pour les clowns vengeurs qui se retirent de la vie active, du moins, ceux qui survivent assez longtemps pour se rendre à cet âge. Les meilleurs deviennent instructeurs ici.

– Et qu'arrive-t-il aux candidats qui se laissent gagner par le plaisir de tuer? Ceux qui sont instables mentalement?

– Ils dorment là-bas.

Le maître Odi-menvatt indique de la main un bout de vallon rocheux. Des pierres grises en rangées nettes s'y alignent.

– Ah..., fait Arran, subitement humble. Qui a dû les éliminer?

Le maître menvatt tourne ses mains, paumes vers le haut, et en examine chaque sillon. La pause se prolonge.

Combien de gens ces mains ont-elles tué? se demande soudain le novice.

Malgré ses efforts pour devenir un Odi-menvatt exemplaire, Arran se demande s'il serait, lui aussi, un fruit pourri. Est-ce pour cela que le maître instructeur l'a réclamé pour cet entretien? Une autre idée lui traverse l'esprit. *Ferris Quinte* lui-même serait-il un dangereux malade, avide de pouvoir?

Avant qu'Arran ne se laisse emporter par ce fil de pensée, deux longs doigts se matérialisent tout près de son visage, prêts à crever ses yeux. Le jeune disciple n'a même pas perçu l'amorce de ce mouvement éclair. Il aspire brusquement, mais parvient à maîtriser son mouvement de recul.

Quinte s'écarte, un sourire narquois flottant sur son visage sévère.

– C'est bon, tu as gardé ton calme. Mais tu devrais méditer davantage sur le rôle d'Odi dans le cercle de la vie et de la mort.

Le novice se sent comme un livre ouvert devant le maître menvatt. À ce moment, une cascade de rires tonitruants déferle sur eux.

– Bwah-hahaha-haHAHAHHA!

Les rires proviennent de la porte entrouverte d'une salle. Des recrues s'efforcent de maîtriser l'art clownesque. Maître Quinte et Arran s'arrêtent un moment pour écouter la leçon.

– Niark-niark-keke-niaaark !

– Rigni-hiii-gniii-hiarr-hiar-hiarr !

– Hin-hi-hi-hin-hin-*hiiin !*

Une voix de baryton éclate comme une bombe.

– Qu'est-ce que c'est que ces hennissements de jument asthmatique ?

Les autres rires sont coupés net.

– M-mais, Maître Joron…, répond une voix mal assurée. J'ai pris une grande respiration, comme vous avez dit…

– SILENCE !

On entendrait battre les ailes d'un papillon.

Maître Ignace Joron enseigne la pose de la voix, le chant et les multiples langages du corps qui ponctuent les interactions sociales. Ses élèves deviennent des acteurs consommés, aptes à simuler toute la gamme des émotions humaines. Ce talent de comédien s'avère essentiel aux clowns vengeurs, tant pour mener à bien leurs missions que pour protéger leur identité civile.

Un pas martial résonne sur les planches.

– Le rire d'un Odi-menvatt est son arme la plus redoutable, messieurs.

L'instructeur s'éclaircit la gorge. Puis…

Avec toute la puissance d'une voix bien entraînée, Ignace Joron projette sur ses disciples une grêle d'obus sonores chargés d'une indicible cruauté.

Même à distance, ce rire glace le sang des acolytes qui se hâtent vers la bibliothèque. Et aussi celui d'Arran, mais il n'en montre rien devant Ferris Quinte.

Le rire de maître Joron ne s'éteint pas à petit feu. Il s'arrête net, comme tranché par un invisible hachoir, ce qui inflige un dernier frisson à ses auditeurs. Au sein de l'Ordre Odi-menvatt, Ignace Joron a l'enviable réputation d'avoir terrassé trois victimes avec son seul rire.

Arran se demande si la stature imposante du maître menvatt n'y serait pas aussi pour quelque chose… Le pas du maître fait craquer le bois du plancher alors qu'il égrène ses instructions.

– Votre rire doit monter du plus profond de vos entr*aaailles,* comme une marée inexor*ââââble.*

Sa voix enfle à chaque syllabe, remplissant le volume de la salle.

– Il doit annoncer à votre cible que *SA FFFIN EST PRRROCHE !*

Un silence respectueux accueille sa harangue. Arran sourit au souvenir de ses propres séances de rire. L'entraînement d'un clown vengeur n'est pas que plaies et bosses.

Le maître rompt le silence en claquant ses paumes l'une contre l'autre.

– Bon ! Je crois que vous avez saisi, dit-il sur un ton enjoué. On reprend l'exercice, messieurs. Cette fois, je veux plus de *coffre* !

3

Le préposé

Le jour, Arran Noor est préposé aux grabataires dans un hôpital de zone trois. « Zone trois » désigne un hôpital public qui dessert le quartier ouvrier de Malahide, une plaie architecturale qui saigne sur le flanc sud de Montag. Une petite pègre s'y agite tant bien que mal, mais c'est surtout la mauvaise alimentation qui fait des ravages.

Les gens y meurent épuisés au travail, vidés par les carences caloriques, les reins et les dents gâtées par les sucres omniprésents dans les aliments. Les équipements de l'hôpital de Malahide, désuets, n'ont rien à voir avec ceux des établissements qui desservent les mieux nantis.

Arran ne s'en plaint pas.

Soulever, déplacer, laver et essuyer les malades entretient sa forme physique. Le jeune homme évite ainsi de suer des heures dans un gymnase, activité qui attire l'attention des espions du Gouvernement légitime. Depuis longtemps, ceux-ci ont noté le lien entre Odi-menvatt et forme physique splendide.

Au guidon de sa moto, anonyme sous son casque, il ralentit près de la devanture du Salon Musculator. Le gymnase se trouve sur son chemin vers le boulot.

Deux légiokhans se sont arrêtés devant l'établissement. Ils interrogent un Brutus de gymnase, une besace passée en travers de ses épaules musculeuses. En contraste avec son corps surdéveloppé, le visage du Brutus exprime un désarroi compréhensible. Des passants inquiets ont traversé le couloir réservé aux deux-roues pour gagner l'autre trottoir.

L'œil exercé d'Arran note la bosse arrondie d'un module automatisé de reconnaissance et de filature posé sur l'enseigne. Les M.A.R.F. glissent lentement vers la désuétude, mais ils conservent une certaine utilité. L'espion mécanique photographie les visages des usagers qui fréquentent le gymnase.

Arran ressent une tristesse passagère pour le colosse qu'un fourgon blindé vient de cacher à sa vue. S'il s'avère innocent, le malheureux devra subir des jours de pointilleuse procédure avant d'être relâché. Sinon…

• • •

Rien à signaler aujourd'hui, à part un dentier coincé qui claque tout seul sur le plancher, au grand dam de son propriétaire alité. Avec précaution, Arran attrape la prothèse hyperactive avant qu'elle ne terrorise les autres patients.

L'incident fait sourire les infirmières de son étage. En particulier, une mignonne brunette qui dévore le jeune préposé des yeux depuis trois jours.

Entraîné par maître Joron, Arran sait reconnaître les signes d'une attraction naissante. Normalement, il s'efforce de garder une relation neutre avec ses employeurs et ses collègues. Ça n'empêche pas qu'une infirmière, impressionnée par son physique attirant, s'éprenne de lui.

Alors, il retourne à la jeune fille un grand sourire vide.

L'aura de bienveillance benoîte teintée de naïveté qu'il projette annulera très vite son attirance. La jeune femme le regardera ensuite comme un garçon gentil, certes, mais un peu niais.

Ce qui est précisément l'effet recherché.

• • •

Pendant ses pauses, le préposé s'absorbe dans ses lunettes de simulation de jeu. C'est une bonne couverture qui lui permet de recevoir de messages cryptés. Par exemple, une inoffensive séquence de notes de flûte tirée d'un concerto de Mozart qui lui indique l'arrivée d'une requête.

Mais la journée s'écoule sans flûte, comme toutes les autres depuis ce fâcheux accident du S.P.E.E.K. Il aurait aimé tirer les vers du nez de clown de Lanark. Statue et cristal de requête ont été détruits dans l'explosion.

Mais d'où venait ce foulard?

Arran a été initié à la plupart des techniques de combat et possède une connaissance (au moins théorique) des armes, macro et nano, qui existent. La formation des futurs Odi-menvatts ne néglige rien : les instructeurs décortiquent les rapports des meschikhâs sur le sujet. Il comprend mieux la préoccupation exprimée par maître Troy.

Une nouvelle arme à l'étude peut détruire l'Ordre.

• • •

En sortant, le jeune homme aime emprunter les grands détours qui le mènent aux lisières de la ville.

Sa moto est une rutilante Blind River, avec des espaces de rangement cachés, un dispositif antivol, un parebrise avec écran-com intégré. Il l'a achetée peu après son départ du monastère, un an plus tôt.

Le moteur ronronne tout bas, comme un fauve satisfait. Son châssis et sa propulsion efficace lui permettent de dépasser les vitesses permises. Arran s'en garde bien, histoire de ne pas alerter les drones qui bourdonnent au-dessus des autoroutes.

Il doit admettre que la moto a été sa thérapie pendant le délai imposé aux novices pour s'établir fermement dans leur identité civile. Alors seulement, les nouveaux clowns vengeurs peuvent accepter des requêtes, soigneusement pesées par le Cercle régional. La Blind River l'a aidé à dissiper son trop-plein d'impatience.

Le jeune homme se permet souvent un détour par les routes secondaires, avant d'emprunter des avenues encombrées de sacs d'épicerie qui achèvent de se décomposer. Son immeuble est une tour d'habitation anonyme dans le quartier Malahide.

Il enferme sa monture dans un caveau hermétique du garage. (Cher à la location, mais un caveau offre une excellente protection contre le vol et le vandalisme.) Il presse un bouton du tableau de commande, qui verrouille les roues de sa moto.

Il monte au vingt-troisième étage par les escaliers. En plus de l'exercice, ça lui évite de trop converser avec tous ses voisins qui prennent l'ascenseur.

Juste comme il passe devant sa porte, la blonde du biotope d'en face le hèle.

— Oh, bonsoir, roucoule-t-elle, en battant des paupières. J'ai vu votre moto et je me suis dit…

Ses cils cimentés par trente grammes de mascara à mémoire de forme pourraient servir d'éventails. Ses cheveux cascadent autour de son cou pour se nicher au fond de son décolleté. Une chanson insipide, *Mon légiokhan à moi*, joue en sourdine dans l'appartement. Derrière elle, un malheureux poisson rouge bat de la nageoire dans un bocal d'eau trouble.

Offert par un amant, sans doute. Ou un client.

Il n'a aucune idée du métier qu'elle exerce et ne tient pas à être éclairé sur le sujet. La voisine babillarde a un œil (lourdement maquillé) sur le jeune ténébreux. Par chance, la sulfureuse créature a épuisé tous les prétextes pour l'inviter dans son appartement. Arran choisit sa meilleure parade.

Re-grand sourire vide.

Dirigé vers le poisson.

• • •

De retour dans son envirologis, Arran met en marche sa cafetière. L'appareil torréfie, puis broie les grains qu'il y a déposés le matin même. Il entend le glouglou de l'eau qui y circule.

Puis il se prépare un repas équilibré. Pour toutes les tâches de cuisine, il utilise un couteau plutôt lourd. Il tranche fruits et légumes avec une précision diabolique, en alternant les mains, de plus en plus vite. Battre au fouet des œufs en neige fait ressortir sur ses avant-bras des lignes qui révèlent ses muscles fermes.

La diète optimale pour entretenir sa forme consiste en des plats riches en protéines et pauvres en gras, assortis de nombreux fruits. Sur le comptoir de la cuisine inondée de lumière poussent des épices et fines herbes. Accrochés au plafond, des pots de baies rouges riches en vitamine A, qui complètent son menu.

Le locataire programme les murs de son biotope : des troncs droits s'élancent dans une forêt parcourue de sentiers. La lumière dorée du soleil frappe les branches qui ploient. Des rayons parviennent au sol, faisant resplendir le vert des fougères. Le seul bruit que le menvatt entend est celui des feuilles agitées par le vent.

Arran Noor soupe en silence. Le bruit de la forêt reconstituée lui instille une douce nostalgie des promenades dans de semblables lieux. L'enfant qu'il était n'y a passé que des moments heureux.

Il mastique longtemps, étirant cette calme parenthèse entre la rumeur de l'hôpital et ses devoirs envers l'Ordre auquel il appartient.

Plus tard, confortablement calé dans un fauteuil-mousse, il écoute un des nombreux canaux de nouvelles qui desservent la cité de Montag.

«… L'écrasement du S.P.E.E.K. a tué deux dignitaires du Sud en visite officielle, ainsi que leur pilote. Le ministre Cochrane attribue l'accident à une erreur de jugement du pilote, qui aurait perdu la maîtrise de l'appareil.»

Arran se redresse sur son siège, alerté. Un autre incident. Une coïncidence?

Il éteint l'écran d'un claquement de doigts. Il se demande ce que l'enquête sur l'explosion du S.P.E.E.K. de Lanark a donné. Le Cercle ne lui a pas donné signe de vie.

Seul dans sa jungle artificielle, il replie ses jambes, qu'il entoure de ses bras, et pose son menton sur les genoux. Le Cercle ne lui a pas transmis de nouvelle requête non plus. En dehors de l'accident de Lanark, sa deuxième mission s'est bien déroulée. Cela aurait dû éclipser l'échec de sa première requête…

Son estomac se serre. *Soucis et digestion ne font qu'un,* disait le frère Thessalon à la Cité blanche.

Arran exécute un geste des doigts que le cerveau-logis reconnaît. Des accords de guitare s'élèvent des grains soniques collés sur les murs, favorisant le recueillement. Le jeune homme ralentit sa respiration. Il médite sur la volonté d'Odi, qu'il a parfois du mal à discerner. Pour le moment, son devoir consiste à se garder au sommet de sa forme physique et mentale.

Quand il aura assez digéré, le jeune menvatt repoussera ses meubles contre les murs pour se ménager un espace suffisant. Il s'adonnera à une intensive séance d'escrime virtuelle, luttant contre un partenaire reconstitué en 3D par le cerveau-logis.

4

Passe-muraille

La fontaine *Mille Plaisirs* domine un grand parc qui sépare le secteur des divertissements des quartiers luxueux. De jour, son bassin accueille promeneurs et petits bateaux. De nuit, ses eaux illuminées d'un rouge profond éclairent les fêtes ou les bagarres de jeunes éméchés. Le grondement de l'immense fontaine atténue les bruits d'Arran, qui marche au sommet d'une épaisse muraille.

Près d'un mois s'est écoulé depuis la malencontreuse mission et la destruction du S.P.E.E.K. Quand Arran a reçu la requête transmise par les canaux habituels, il a presque sauté de joie dans le parc.

De retour à son logis, il a passé au moins une demi-heure à reprogrammer son tube automaquillant : pour obtenir un triangle violet sous un œil, réduire le diamètre des points rouges sur les joues, ajuster le sourire noir des lèvres pour qu'il se termine par deux pointes…

Allait-il ajouter du noir sur ses paupières ? Les lignes directrices de l'Ordre permettent à chaque Odi-menvatt de personnaliser son maquillage, mais en conservant quelques constantes. De toute façon, rares sont les témoins survivants capables de noter ces détails…

Maintenant, la résidence qui se dresse devant lui avec ses courbes irrégulières semble le défier. Il saute et atterrit souplement dans le jardin intérieur. Il a auparavant repéré les caméras de sécurité externes et calculé leurs angles de vue, l'enfance de l'art pour un disciple d'Odi.

Les portes étant défendues par un lacis de rayons infrarouges, il grimpe comme un primate sur la façade, ses doigts exploitant les anfractuosités entre les pierres. Il s'arrête à une fenêtre du quatrième étage, se gardant bien d'effleurer le rebord truffé de capteurs. Avant d'y appliquer une ventouse, il vérifie que la vitre est vierge de tout système de détection.

Un fil de fer se déploie au pied de la ventouse, terminé par une pointe en diamant. Appuyant sur cette dernière, Arran trace et retrace un large cercle centré sur la ventouse. Enfin, il peut détacher un disque de vitre assez large pour le laisser entrer.

Le clown vengeur pénètre à pas de loup dans la demeure. Il neutralise un premier système d'alarme, situé dans une grosse boîte derrière un rideau de la pièce par laquelle il vient d'entrer. Pour être certain de ne pas en oublier un autre, il dépose sur le mur une capsule électromagnétique, petite merveille sortie des labos de la Cité blanche.

La décharge électromagnétique ne produit aucun son. Le novice sait qu'elle se propage à tous les circuits d'alarme de la maison. Ses propres instruments sont, quant à eux, protégés par une nanocouche de plomb dans la lisière des poches.

Maintenant, l'intrus pourrait danser et bondir partout sans déclencher de sirène.

Jusqu'ici tout va bien, se dit-il.

Il a soigneusement étudié le plan de la demeure. Les couloirs se courbent et obliquent au gré des caprices de l'architecte, qui a érigé la résidence comme un labyrinthe. Le concepteur voulait sans doute déjouer les voleurs.

Après deux tournants, Arran se demande si l'architecte n'a pas aussi abusé de la dive bouteille en dessinant ses plans... Le couloir qu'il suit s'allonge et se courbe. Enfin, il aperçoit la grille qui protège la porte de la chambre principale.

Il continue de suivre le couloir afin de déceler une autre entrée. Après avoir perdu de vue la porte dans la courbe, il ne rencontre qu'un mur qui termine ce couloir. Un vrai labyrinthe ! Selon son plan mémorisé, une cage d'escalier se trouve derrière ce mur. Sauf que pour l'atteindre, il devrait rebrousser chemin et prendre un autre couloir...

Ce n'est pas prudent si le feu venait à éclater, se dit-il. Arran se gourmande aussitôt : quelle importance, puisque la vie de sa cible s'achèvera ce soir ?

Il rebrousse chemin vers la porte grillagée. En silence, il dégage de son sac à dos une clef maîtresse, une plaquette rouge. Il neutralise les capteurs des barreaux, puis ouvre la grille. La porte derrière comporte une poignée sculptée, sous la forme d'un guépard prêt à bondir vers l'intrus. L'Odi-menvatt débloque la serrure avec sa clef, son autre main légèrement appuyée sur le battant. Ses doigts sensitifs reconnaissent le grain du bois. Une porte en chêne blanc.

Sa cible, Rodney Woodstock, est un producteur de holocinéma assez affluent pour se permettre une essence devenue si rare.

Enfin, la main gantée du menvatt repousse le battant. À pas de chat, il pénètre dans une immense pièce truffée de bibelots. Des statues de jeunes filles grandeur nature lui rappellent un mauvais souvenir. Des vases dorés s'alignent sur une étagère. À sa gauche, une petite boîte avec deux poignées recourbées évoque un guidon de bicyclette. S'est-il trompé de pièce ?

Non. Les lampes halogènes serties comme des étoiles dans le plafond révèlent une forme enfoncée dans un lit ballon. Derrière la tête du lit, un miroir mural double le volume de la pièce.

Woodstock, un sybarite notoire, est seul cette nuit, son corps mou presque noyé dans le matelas. L'homme n'a aucune autre issue hors de la pièce que la porte par laquelle sa mort vient d'entrer.

Tout devrait bien aller, cette fois, se dit Arran.

Le clown vengeur dépose le cristal de requête au sol. Puis il vérifie à nouveau que son maquillage tient en place, que les pans de son manteau tombent bien droit et, surtout, que son nez ne va pas se décoller et rouler dans un coin de la pièce comme lors de sa première requête (ce n'est pas la victime qui est supposée éclater de rire).

En se redressant, Arran aperçoit son reflet dans le miroir mural. *M'Odi !* Il a l'air d'un annonceur de dentifrice. Il fouille aussitôt ses poches. Où a-t-il mis ses prothèses dentaires ?

Un pan de son manteau heurte un vase de porcelaine qui se casse avec un fracas cristallin. Woodstock se redresse sur le matelas qui gondole sous l'onde de choc. La stupeur crevasse son visage de noceur nocturne.

Arran enfonce en toute hâte ses prothèses dans la bouche.

– Rodney *F*oodstock, *f*ous a*f*ez détruit la *f*ie de trois *v*eunes *f*ictimes…

Sa prothèse fixée de travers n'aide pas sa prononciation. Le novice enclenche le projecteur holographique.

La mélodie entraînante du *Printemps* de Vivaldi s'élève ; un peu trop bondissante au goût d'Arran. Excité par l'arrivée d'une requête, il n'a pas retouché au sélecteur aléatoire. Puis la musique baisse.

« REQUÊTE n° 75-344 présentée par AMARANTH DOURO contre RODNEY WOODSTOCK. »

Le visage d'une femme aux traits ravagés par des abus de drogue apparaît.

« Rodney Woodstock m'a séduite avec des promesses qu'il n'a jamais tenues. Il a détruit ma vie, et celle de deux grandes amies qui rêvaient de devenir vedettes de holo. Morika s'est suicidée l'an dernier après être passée entre ses sales pattes. Casey a disparu depuis des mois. Je demande le châtiment capital… »

– Mais, mais… mais elle ment ! proteste Woodstock. C'est faux !

Coupables ou innocents, ils disent tous cela, songe Arran, reprenant une observation vieille de deux siècles.

Un bon clown vengeur fait ses devoirs. Avant d'accepter d'honorer la requête issue du comité de filtrage, il a enquêté sur les faits reprochés et obtenu le rapport de police sur le suicide. Quant à l'autre amie, le lien avec l'affaire du jardin lui a tout de suite sauté aux yeux.

La voix neutre termine : « Crime : débauche et tromperie. Châtiment demandé : mise à mort. »

Avant que l'enregistrement ne se termine, l'homme se lève d'un bond qui dément son apparence balourde. Arran brandit son ligoteur pour l'immobiliser.

Au lieu de se déployer, les liens magnétiques se tordent et s'enroulent sur eux-mêmes. Ils retombent au sol en une pelote inoffensive.

M'Odi ! Le clown novice n'a pas vérifié la batterie du ligoteur avant de partir. Il récupère à la hâte la pelote de fils, qu'il fourre dans sa poche.

Profitant du répit, Woodstock a déjà traversé la chambre vers la porte. Le fuyard attrape au passage le curieux guidon de bicyclette. Puis il sort et se sauve… en direction du cul-de-sac qu'Arran a repéré avant de s'introduire dans la chambre.

Certain de rattraper sa gaffe, le clown vengeur se précipite à la suite de Woodstock. En courant, il gonfle ses poumons pour assener à sa victime son rire le plus cruel.

– HIN-HIN-HIN-HIN-… Hein?

Il n'y a personne pour apprécier son effort.

Pis encore, il entend des pas dévaler l'escalier situé *derrière* le mur. N'ayant pas le loisir de tâter la paroi pour y déceler un mécanisme secret, Arran fait demi-tour. Il négocie à vitesse grand V le coin du couloir qui mène au fameux escalier de secours.

Le vengeur dévale les escaliers à son tour, empruntant la technique irréprochable des moines d'Odi en retard pour l'office. Arrivé au palier entre deux étages, il jette un coup d'œil par la fenêtre. Sa cible traverse déjà la cour intérieure, courant vers une grande porte.

Comment Woodstock a-t-il pu se déplacer si vite? Pour battre de vitesse un clown vengeur surentraîné, un balourd comme lui a dû consommer des drogues myostimulantes.

Pas le temps de finasser! Arran fracasse la vitre d'un coup de pommeau de bronze, puis saute dans le vide.

Le clown vengeur se reçoit et roule sur lui-même pour dissiper l'énergie de sa chute. Il se redresse. Le fuyard se rapproche du mur d'enceinte qui sépare sa demeure du parc de la fontaine. L'homme tient le guidon à deux mains.

Arran accélère, ses souliers à bouts arrondis fouettant le gazon. Il tire la lame de sa canne. Ignorant la porte, Woodstock fonce droit vers le mur, qu'il traverse comme un mirage. *Une vulgaire illusion,* se dit le clown vengeur. Il fonce à son tour… et frappe un solide mur de briques.

• • •

Quand Arran ouvre les yeux, une nuée d'étoiles lui lance des clins d'œil diaboliques.

Sa tête résonne comme un tambour. Le sang bat à ses oreilles comme la pompe à bras que son père utilisait en camping. Dans son état, une patrouille de légiokhans le cueillerait comme une fleur.

Le jeune homme se force à pratiquer les exercices prescrits contre la douleur. Il visualise sa souffrance comme un globe rouge sang qu'il repousse des mains. Avec patience, il recommence cet exercice mental, jusqu'à ce que la douleur s'éloigne comme un fantôme. Il se redresse. Sa main heurte un objet rond et souple.

Son nez de clown a absorbé une partie de l'impact contre les briques. Loué soit Odi !

D'un tir laser de sa canne, Arran détruit la serrure de la porte qui se trouve près de l'endroit où il s'est cogné. Il franchit deux mètres d'une muraille qui résisterait à un impact nucléaire. Il aboutit sous les palmiers du parc.

Accroupi derrière un arbre, il scrute les promeneurs. La plupart, des fêtards ivres, reviennent du quartier des divertissements. Aucune trace de sa cible.

Woodstock a eu largement le temps de disparaître, ou même d'alerter les autorités. Méditant sur l'échec de sa mission, le menvatt débutant rase la muraille de la résidence pour rester dans l'ombre des arbres.

Il sent une soudaine traction sur son manteau.

Par réflexe, Arran décoche un coup de poing à son assaillant. Ses jointures s'écrasent contre le mur. Le jeune clown sautille sur place, ses dents serrées pour ne pas crier.

Puis il bute sur un objet et s'étale sur l'herbe. De sa main intacte, Arran allume sa micro-lampe. Il a trébuché sur le curieux guidon de bicyclette. Que fait cet objet ici ? Il pointe sa lampe plus haut.

La main raidie qui a accroché son manteau se tend, immobile, doigts écartés. Le jet bleuté révèle le visage immobile de Rodney Woodstock, ses traits déformés par la surprise.

La tête du fuyard est inclinée vers l'avant, le menton découpé par les briques. Derrière les dents de la bouche entrouverte, le clown vengeur distingue la surface granuleuse du béton.

Les doigts de l'autre main et un genou émergent du mur comme des îles. Arran passe une main sur sa gorge, incapable d'émettre le moindre rire.

Le grondement régulier de la fontaine restaure peu à peu les facultés de l'Odi-menvatt. Il déduit que l'appareil dématérialise le corps humain et les vêtements en contact avec la peau. Sous l'emprise de la panique ou par maladresse, Woodstock a dû lâcher le guidon *avant* d'être complètement dégagé du mur. Son corps s'est intimement lié aux briques.

Remis de ses émotions, Arran se débarrasse rapidement de son attirail de vengeur. Il applique contre son menton le petit tube automaquillant. La pellicule colorée de son maquillage hilarant y est aspirée en une seconde. Il raccourcit son manteau et en rattache les pans flottants. Il tord légèrement la marguerite à sa boutonnière : la couche de pixels du tissu vire du noir au beige.

Pendant que le vêtement se transforme, il glisse sa canne dans un fourreau fixé à l'intérieur du manteau. Il place son désintégrateur compact dans une poche sécuritaire. Reste le bizarre guidon.

Voilà qui pourra intéresser l'Ordre, surtout si Kemble avait refilé des artefacts à Woodstock. Arran dégage de son pantalon un triangle de tissu intelligent, qu'il déplie en une besace rudimentaire. Il y enfouit le «passe-muraille».

Son chemin de retour passe par le quartier des divertissements, où il est facile de se perdre dans la foule nocturne. Pour compléter son allure de fêtard encanaillé, Arran s'est aspergé de vapeurs d'alcool. Il a ramassé une bouteille vide parmi celles qui traînent partout. Il a adopté une démarche chaloupée, rasant les aguichantes vitrines sans se laisser distraire par celles-ci.

Sous ses cils à demi-baissé, il conserve une vigilance constante.

• • •

Une fois de retour dans son logis, Arran retire sa canne du manteau. Il la glisse dans la tige métallique de sa lampe en pied. Un enrobage de plomb la rend invisible à tout scanneur à rayons X.

Il dissimule ensuite le «passe-muraille» dans un tiroir à double fond qui abrite son matériel de vengeur. Il y range aussi ses armes et son costume.

Il lui tarde cependant d'avertir le Cercle de sa découverte. Il enregistre son rapport à l'avance, qu'il enverra depuis un lieu public, le lendemain.

Sa mission est accomplie, d'une certaine façon. *Toutes les méthodes employées pour la vengeance satisfont Odi, si cette vengeance est commandée par la compassion*… Arran grimace à cette citation tirée des *Vérités immuables du Grand Odi*[4].

Le résultat a plutôt été le fruit de sa maladresse.

4. Voir *Héritage maudit*, de Mathieu Fortin, dans la même collection.

5

Invitation au Cercle

Arran a passé sa journée dans un état de nervosité que même la petite brunette de l'hôpital a remarqué. Il a transmis son rapport crypté au Cercle assez tôt en matinée, depuis un parc public.

Il revient chez lui, dépose des grains dans sa cafetière. Puis il opacifie ses fenêtres. Il entreprend d'examiner son matériel de vengeur, rembobinant et débobinant le fil du ligoteur jusqu'à qu'il soit parfaitement enroulé.

Ensuite, il entreprend de nettoyer sa canne, vérifiant le mécanisme d'éjection de la lame. Au tour du micro-laser inséré dans le pommeau. La lumière concentrée ne doit rencontrer aucune poussière à l'intérieur du tube. Il teste l'arme, avec précaution.

Un doigt coupé est si vite arrivé.

Le joyeux glouglou de l'eau qui circule dans la cafetière sert de prélude à son souper. Alors qu'il termine une salade de pêches qui lui a coûté une petite fortune, le cerveau-logis lui annonce un message.

Un visage joyeux encadré de cheveux noirs s'affiche devant le mur, éclairé à contre-jour par de puissants projecteurs.

« Salut, frérot ! »

La voix familière le fait sursauter. Normalement, sa sœur le contacte depuis son domicile, dans une lointaine province de Mirage-Sud.

– Sarnia ? Mais je ne t'attendais que demain.

– Oh, j'ai profité d'une occasion spéciale.

Derrière sa sœur, des projecteurs stroboscopiques tournoient, embrasant la salle. Il entend en sourdine une musique endiablée. Sarnia a dû confier Russel à une gardienne pour aller danser.

– Que fais-tu en ville ?

– Je fête une amie qui va se marier. Je passerai te voir vers dix heures ce soir, ça te va ?

Avant qu'il puisse répondre, elle a coupé la communication.

Le jeune homme se passe une main sur le visage. Voilà qui complique ses plans. Et à cette heure tardive, en plus ! Pourvu que sa sœur ne lui ramène pas une pauvre âme esseulée, comme la dernière fois...

Malgré de célèbres contre-exemples, un clown vengeur consacré à Odi doit rester célibataire. Fonder une famille rend un Odi-menvatt singulièrement vulnérable.

Les archives regorgent de cas dramatiques, incluant cet horrible chantage exercé par le Gouvernement légitime sur les Lithargo[5], père et fils. Il y était question d'un détonateur implanté dans la poitrine de la fille de John Lithargo...

5. Voir *Concerto pour Odi-menvatt*, de Michel J. Lévesque, dans la même collection.

À ce souvenir, Arran presse une main contre son cœur, libre d'entraves, dans tous les sens du terme.

Sarnia s'est mise en ménage avec un fougueux officier légiokhan, qui lui a donné un fils. Satisfait que sa sœur aînée poursuive leur lignée familiale, Arran se contente d'une relation discrète avec une jeune garagiste. Sa sœur n'a pas pour autant renoncé à le caser.

Chaque visite familiale se transforme en chassé-croisé où il doit réprimer ses instincts naturels, rester d'agréable compagnie pour son neveu Russel, puis décliner toute invitation de l'innocente candidate, sans la blesser.

Ses séances d'*escrime sociale* l'ont bien préparé, Odi soit loué !

Ces simulations aident aussi à identifier les candidats désaxés, dont les actions pourraient entacher la réputation de l'Ordre, et ceux qui, trop orgueilleux, s'avèrent incapables de mener la discrète double vie d'un clown vengeur. Leur capture mettrait tout l'Ordre en danger.

Les cas pathologiques moyens finissent comme balayeurs, serviteurs, acolytes du temple, ou mécaniciens, interdits à jamais de quitter la Cité blanche. Les cas les plus lourds finissent sous une pierre anonyme du vallon.

• • •

Se préparant à recevoir sa sœur, le jeune menvatt passe sous la douche d'eau recyclée. Son entraînement rigoureux a sculpté son corps sans laisser une seule trace de graisse. Il comprend que Sarnia trouve étrange sa solitude.

Ce contact avec l'eau est pour lui une autre occasion de relaxation. Il aimait beaucoup nager dans la petite piscine de l'orphelinat. Il se souvient aussi d'avoir pataugé à la mer de l'Est avec ses parents, il y a longtemps.

Il en profite pour réfléchir. Avec l'appareil passe-muraille dissimulé dans son meuble, il est certain de remonter en grâce devant le Cercle.

Arran sort à peine de la cabine quand le cerveau-logis lui annonce une visite.

– Qui est là ? demande-t-il à voix haute.

Toute personne se tenant devant sa porte est scannée par les minicaméras insérées dans les motifs, puis comparée avec la banque de visiteurs acceptés.

– Sarnia Noor, annonce le cerveau-logis.

Misère ! Elle arrive en avance, se dit le jeune homme. Il croyait avoir deux heures devant lui pour tout ranger.

– Sarnia Noor, répète le cerveau-logis.

Arran noue à la hâte une serviette éponge sur ses reins. Son immeuble est relativement sécuritaire, mais une jeune femme attendant seule à sa porte peut s'attirer des attentions malvenues de la part de voisins indiscrets. Il n'est pas le seul célibataire dans son immeuble.

Il se précipite à l'entrée et dicte le code de déverrouillage.

Clic-clac ! Pendant que les trois serrures se déverrouillent, il jette un coup d'œil derrière lui : a-t-il laissé traîner son tube d'automaquillage sur la commode ? Non, il avait tout rangé.

En reportant son attention sur le seuil, il enregistre une silhouette plus haute que celle de sa sœur.

Une pieuvre de caoutchouc se colle hermétiquement sur son visage, ses tentacules enserrant son cou. Arran a tout juste le temps d'identifier une odeur vinaigrée avant de sombrer dans l'inconscience.

• • •

Le jeune homme ouvre les yeux sur une obscurité complète. Son ouïe capte un faible ronron de ventilateur. Des vibrations trahissent un véhicule en mouvement.

Il est couché dans un caisson. Des rubans de nanocarbone enserrent son corps nu. L'orientation des fibres rend impossible de les déchirer. Un nœud humide remplit sa bouche. Il tente de recracher l'objet, mais le tentacule qui s'est ancré dans sa trachée se gonfle, lui coupant le souffle.

Impuissant, le jeune homme se force à dominer sa panique.

Les Arcurides l'ont capturé !

Depuis toujours, les forces du G.L. cherchent à capturer des menvatts. Ne pouvant mettre la patte sur une canne d'or ou d'argent, des espions attendaient qu'un débutant comme lui fasse ses premiers pas…

Malgré un sévère conditionnement mental au monastère d'Odi, Arran sait qu'il ne résistera pas longtemps aux méthodes d'interrogation. Il imagine avec anxiété les micro-pastilles injectées dans son lobe frontal, qui ouvriraient son cerveau comme un coffre-fort. Il *voudrait* répondre aux questions…

Son seul recours est de se tuer avant tout interrogatoire.

Adieu, Sarnia ! Adieu, Russel !

Arran se dandine dans l'espace clos. Les rubans ne montent pas assez haut pour qu'il s'étrangle avec. Il n'a pas assez d'espace au-dessus de sa tête pour s'ouvrir le crâne en se cognant. Le nœud dans sa gorge l'empêche de se mordre la langue au sang.

Il ne peut qu'attendre.

Un soubresaut le fait danser dans son caisson. Un trou d'air, ou bien un raté comme celui que Lanark avait négligé avant son écrasement ?

De façon irrationnelle, il tend l'oreille, guettant des signes d'écrasement imminent. Les minutes passent, pareilles, dans une noirceur complète.

L'appareil ne s'écrase pas.

Au bout d'un temps indéfini, les vibrations cessent. Le caisson est manipulé, projetant Arran de part et d'autre, puis déposé au sol. Quand le couvercle est rabattu, la subite clarté aveugle le captif.

Un ordre sec retentit. Le niveau de luminosité devient supportable, mais il ne distingue que des silhouettes floues.

Un autre ordre, prononcé d'une voix bourrue.

Arran déboule du caisson, roule sur un plan incliné et tombe sur un plancher froid. Les rubans qui l'enserraient se désagrègent aussitôt.

Un haut-le-cœur secoue le jeune clown. À quatre pattes, il vomit une pieuvre flasque. On dirait un de ces nœuds d'algues lessivées par la mer, comme ceux qu'il ramassait sur la plage, enfant.

S'essuyant la bouche, il regarde autour et constate qu'il est au fond d'un trou. Les parois sont inclinées à soixante-dix degrés. Deux mètres au-dessus de lui, des têtes se penchent par-dessus un garde-fou.

Des sourires peints noir sur blanc, sous des chapeaux noirs... Ses confrères Odi-menvatts ! Son soulagement est cependant de courte durée. Il se trouve au fond d'un puits de punition.

– Arran Noor, dit une voix de basse.

Le jeune homme reconnaît, à ses joues striées de deux larmes violettes, maître Troy. C'est la première fois qu'il voit en personne le dirigeant du Cercle régional. Il supervise les activités des Odi-menvatts de Mirage-Nord.

– Qu'est-ce que...

– SILENCE !

L'ordre paralyse tous ses muscles. Mulmur Troy a été un excellent disciple de maître Joron.

– Vous ne parlerez que quand on vous l'ordonnera. Quand votre rapport m'est parvenu, j'ai jugé prudent de vous ramener au Cercle.

– Nous sommes déçus de la facilité avec laquelle on a pu vous cueillir, dit une autre voix.

Une tête se penche, ses points rouges trop marqués sur ses joues.

– Un Odi-menvatt ne doit pas laisser tomber sa garde, dit-il sur un ton moqueur. Ouvrir nu et sans méfiance ? Pourquoi ne pas appeler le QG des Arcurides tant qu'à faire ?

– Comment avez-vous pu...

– Hé, on t'a dit silence, le Bronzé !

Misère d'Odi! Ils ont tous adopté ce sobriquet, marmonne Arran en lui-même.

— Ça ira, dit une voix familière. Poursuivez.

La tête de Ferris Quinte flotte dans les airs. C'est une holoprojection, car le maître instructeur vit en permanence au monastère d'Odi. Il est le seul présent à visage découvert.

— Madoc Killarney, faites votre rapport, ordonne Troy.

Le clown aux points rouges proéminents tourne délicatement entre ses doigts le pommeau doré de sa canne.

— Je l'ai cueilli comme un fruit bien mûr, dit-il.

— Pourtant, mon cerveau-logis a identifié ma sœur, proteste Arran.

— Facile à tromper. Je n'ai eu qu'à attendre le bon moment pour m'annoncer. Et tu n'as même pas vérifié ta caméra. Tsssk!

— Mais vous ne pouviez pas savoir qu'elle allait me visiter…

L'argument meurt au fond de sa gorge.

— Le message! Alors, c'était vous aussi.

— Ce fut un jeu d'enfant de reproduire la voix et l'apparence de ta sœur. Un novice, c'est si facile à déjouer.

— Ça suffit, Killarney! rugit Troy. Je vous ai laissé le libre choix des moyens pour amener le jeune Noor ici, mais votre rôle est terminé.

L'interpellé se raidit comme si la rebuffade l'avait brûlé. La projection 3D de maître Quinte penche sa tête grise, ses yeux rétrécis.

— Arran, vous allez nous raconter par le menu détail votre mission chez Woodstock. *Tous* les détails.

Le clown novice s'exécute, humilié. Ce Killarney aurait pu au moins lui laisser sa serviette.

Il fait appel à sa discipline mentale. L'alternative est de parler sous sérum *limpide*, qui laisse des séquelles. Il en profite pour mentionner à nouveau les accidents de S.P.E.E.K.

Le Cercle discute, une barrière sonique coupant leurs échanges. Killarney a l'air contrarié. Arran s'assoit en tailleur près de l'endroit où la « pieuvre » s'est décomposée.

Enfin, Troy prend la parole.

– Le Cercle en est venu à trois constats. Un : il y a maintenant quatre cas de panne de transporteurs : un S.P.E.E.K. d'Arcurides a fait une plongée semblable à celle que vous avez décrite. Deux : le meschikhâs que nous avons envoyé pour vérifier votre rapport n'a trouvé aucune trace de Woodstock dans le mur d'enceinte. Toutefois, à un endroit, la surface des briques a été vitrifiée, signe d'une exposition à une chaleur intense. Si votre collision contre ce mur n'a pas affecté vos capacités, c'est donc que quelqu'un a voulu effacer toutes traces du corps.

Arran revoit la bouche de Woodstock ouverte sur un cri silencieux, les briques derrière ses dents, et retient une envie de vomir. Pour se donner contenance, il crâne :

– Ha ! Je les comprends. Dans un parc public, ce n'est pas joli joli…

Troy reprend, grattant son menton.

– Votre découverte et d'autres indices laissent penser que quelqu'un se livre à un trafic de technologies illicites. C'est préoccupant, en raison des troubles qui agitent les provinces du Sud.

Les six autres membres du Cercle, tous des maîtres menvatts, hochent la tête. Le silence s'étire, devient un malaise pour le jeune homme nu.

– Et… votre troisième constat ? demande-t-il.

Maître Troy baisse les yeux.

– Vous avez échoué à votre invitation au Cercle, dit-il.

– Mon « invitation » ? Que voulez-vous dire ?

– Aucun Odi-menvatt, même à canne d'or, n'aurait pu vous surprendre si vous aviez pris des précautions élémentaires. Killarney vous aurait contacté pour vous conduire ici, les yeux bandés et oreilles bouchées. De plus, vous n'avez guère brillé lors de vos deux missions en solo.

Arran se mord les lèvres pour ne pas émettre de protestation. Woodstock était pourtant mort… Maître Troy semble deviner sa pensée.

– Votre dernière cible a été éliminée par pure chance, dit-il. Votre imprudence fait de vous un danger pour l'Ordre.

6

Le Puits de punition

Une vague de panique serpente le long de la colonne d'Arran.

Son esprit lui renvoie les rangées de pierres tombales du monastère. Lui, un danger pour l'Ordre ? Il s'efforce de se faire calme comme la surface d'un lac malgré les courants qui agitent ses eaux.

Mulmur Troy jette un regard vers la projection de maître Quinte.

– Néanmoins, Arran Noor, nous avons remarqué que vous brûlez d'envie de résoudre l'énigme de ces accidents, déclare-t-il.

– Je veux aller au fond des choses, acquiesce le jeune homme.

Il espère que le ton neutre de sa voix masque son agitation intérieure. Le maître du Cercle écarte les bras.

– Alors, vous devrez démontrer que vous en êtes capable. Nous vous donnerons toute la latitude requise… si vous passez l'épreuve du Puits de punition.

– En quoi consiste cette épreuve?

Une ombre saute par-dessus le garde-fou et atterrit souplement, son manteau retombant de part et d'autre. Killarney se relève, son sourire dévoilant sa rangée de dents pointues.

– À survivre plus de dix minutes à mes attaques, petit Bronzé!

– L'exécutant n'a droit qu'à sa lame, précise maître Quinte.

– Oh, vous craignez pour votre chouchou? nargue Killarney.

Arran tremble de colère. Une canne à pommeau d'or ne confère pas la liberté de répondre aussi cavalièrement à un maître menvatt.

Le novice se rabroue. S'il veut s'en sortir vivant, il doit maîtriser ses émotions.

Il évalue l'aire de combat : le fond du puits de punition mesure cinq mètres de diamètre. Comme espace de manœuvre, on a vu mieux. Il touche la paroi luisante : son doigt glisse sur une surface poisseuse. Les parois glissantes lui interdisent de grimper hors du puits.

Killarney brandit sa canne à pommeau d'or, de laquelle jaillit une lame. Il exécute quelques passes, la pointe de sa lame sifflant dans l'air. Son tranchant effilé sur une rangée d'atomes ouvrirait le crâne d'Arran comme une boîte de carton.

– Ma canne est amplement suffisante.

– Prenez garde, avertit maître Quinte. Une canne à pommeau d'or ne protège pas contre l'arrogance.

Une cloche retentit, un *ding* cristallin.

Killarney se jette sur le novice, qui saute à gauche. Arran sent l'air déplacé par la lame qui effleure ses cheveux. Quelques mèches noires retombent au sol alors que le candidat nu se rétablit.

Lors de l'assaut suivant, Arran attrape un pan de manteau, qu'il tire pour déséquilibrer son adversaire. Mais Killarney suit le mouvement, s'arc-boute et retombe sur ses pieds avec la grâce d'un chat. Un liquide chaud coule sur la cuisse du jeune vengeur.

Celui-ci ignore l'estafilade laissée par son adversaire. Il peut encore bouger, c'est tout ce qu'il a besoin de savoir.

– Ah zut, raté ! Je visais ton gros nez, le Bronzé ! s'esclaffe son adversaire.

Le jeune homme prend garde à ne pas se laisser manipuler. Si Killarney tente de le faire sortir de ses gonds, c'est que le menvatt doit le craindre un peu. Il n'y parviendra pas avec des moqueries qu'Arran a entendues mille fois à l'orphelinat.

Les passes se multiplient devant l'assistance silencieuse.

Les pans du long manteau de Killarney offrent un écran momentané au jeune homme, une fraction de seconde de répit. Arran évite comme la peste de se coller contre le mur incliné. Il doit à tout prix se garder une marge de manœuvre pour éviter la lame diabolique.

Une artère coupée mettrait fin à sa carrière d'Odi-menvatt.

Comme une pièce maîtresse aux échecs, Madoc Killarney tient le centre du puits de punition. Malgré son agilité, le novice collectionne les coupures. Les éclats de rire du clown arrogant se répercutent contre les parois.

– Ce qu'on s'amuse, ici !

À la marque de deux minutes, le jeune vengeur nu est lacéré de toutes parts. C'est le prix à payer pour ne pas se laisser coincer dos au mur. La paume de sa main gauche, entaillée, lui interdit l'usage de son pouce. C'est à peine s'il peut refermer le poing.

Il a beau sautiller hors de portée, ses réflexes trahissent sa fatigue. Il est aussi ruisselant de sueur qu'une vedette de spectacle porno. Il se déshydrate, il s'essouffle et il saigne, alors que Madoc Killarney danse, indemne. Devant ce sourire insolent, Arran réalise que jamais il ne tiendra dix minutes contre une canne d'or.

Il doit trouver la faille dans l'armure, et vite.

Une phrase prononcée par maître Quinte lui revient en mémoire. Le jeune menvatt a une toute petite chance.

À trois minutes et vingt secondes, Killarney décide de passer aux choses sérieuses. Quittant le centre du puits, il attaque sa cible, lame en avant.

Arran se pousse de côté, avec un léger retard. La lame qui entaille sa hanche lui arrache une grimace. Killarney plonge à nouveau vers lui.

Oubliant de conserver son espace de manœuvre, Arran recule contre le mur. Il s'y presse comme une jeune fille menacée par un légiokhan, laissant la peur transparaître sur son visage.

Au bord de l'évanouissement, sa respiration sifflante, Arran tourne la tête de côté. Le sang de ses coupures laisse une coulisse sur la paroi. Ses yeux se ferment, ses genoux plient lentement…

Avec un rire hargneux, son adversaire s'élance, sa canne pointée vers la poitrine de sa proie.

À la dernière fraction de seconde, Arran exécute un puissant bond vers le haut pour éviter la lame de Killarney. Son dos en sueur glisse contre le mur incliné du puits. Emporté par son élan, son assaillant se plaque à son tour contre la paroi. La main droite d'Arran repousse le mur. Le novice pivote alors en l'air.

Pendant sa rotation, il agrippe le col du manteau de Killarney.

Ignorant la douleur qui éclate dans sa paume gauche, le novice referme sa main intacte sur la gorge de son adversaire. Son pouce et son majeur pressent les carotides dans un mouvement affiné par une longue pratique. Coincé de face contre la paroi, Killarney tente un ultime coup de lame vers l'arrière pour embrocher Arran, mais son manteau lui nuit.

Puis il s'effondre, relâchant sa redoutable canne.

Craignant une ruse, Arran conserve sa prise sur la gorge. Il soutient le corps inanimé dans sa chute. Avant de desserrer les doigts, il compte jusqu'à dix pour assurer à son adversaire une longue sieste.

— Fais de beaux rêves, le Doré, murmure-t-il.

Alors, seulement, Arran ramasse la canne-épée. Nu et ensanglanté, il relève le menton vers le Cercle au sommet du puits.

— Eh bien ? Je l'ai passée, cette épreuve ?

— Pas encore. Vous devez attendre la fin des dix minutes, répond Troy. Il en reste six.

— Euh, je fais quoi, maintenant ?

– Ce que vous voulez, répond la projection de maître Quinte, un sourire étirant ses lèvres minces.

Le jeune menvatt s'accroupit.

Le clown à canne d'or ne réagit pas lorsqu'il le dépouille du long manteau, des bottes, puis de ses vêtements. Quand Killarney est à son tour nu, Arran lui emprunte son tube automaquillant pour aspirer les affreuses taches rouges. Il retire le nez et les prothèses dentaires, qu'il lance hors du trou.

Dédaignant les vêtements du vaincu, il se revêt seulement du manteau.

• • •

Changé dans une combinaison propre, Arran Noor sirote un jus de prune.

Un serviteur a soigné et bandé ses plaies. Le contrecoup de l'adrénaline l'enveloppe dans une heureuse fatigue. Les autres membres du Cercle se sont retirés, sauf Mulmur Troy et la projection de Quinte. On a emporté le clown inconscient sur une civière.

– Killarney va être reconduit à ses appartements, explique Troy. Avec instructions de ne pas en sortir sans en avoir reçu l'ordre.

Le maître du Cercle retire son maquillage, laissant apparaître un visage empreint de bonhomie. Sa barbe était admirablement cachée sous la couche de fard. Derrière Troy, les fenêtres-écrans simulent un paysage automnal.

– Je crains qu'il ne me garde rancune…

– Allons, dit Quinte, ce combat s'est déroulé dans les règles. Madoc Killarney ne peut pas déposer de requête contre vous.

– Vous êtes libre de poursuivre votre enquête, dit Troy. Toutefois, nous garderons le passe-muraille.

– Pourtant, Maître Troy, je crois que cette technologie m'aiderait.

– Pour qu'un légiokhan vous l'enlève ?

Maître Quinte se lève, ou du moins, son image le fait.

– Arran Noor, vous pourrez faire l'essai du passe-muraille, mais *après* que nos scientifiques l'auront analysé.

Troy s'étire.

– Bon, ce n'est pas tout, nous avons tous un travail à faire ici. Mes archives municipales ne se classent pas toutes seules !

– Au revoir, Maître Troy, dit Quinte. Bien joué, jeune Noor.

Sa projection s'efface.

– Pourrais-je enfin savoir où nous sommes ? demande le jeune clown, ses yeux sur les fenêtres montrant de faux paysages.

Troy pose une large patte sur son épaule.

– Désolé, Noor, mais vous n'êtes encore qu'un petit bronzé ! dit-il en souriant.

Puis un jet de gaz plonge le jeune menvatt dans le sommeil.

7

Talent culinaire

Quand Arran revient à lui, il est assis contre une paroi de la douche fermée. On a pris soin de renouer la serviette autour de ses reins. Par les fenêtres, il constate que le matin est bien avancé. Heureusement, c'est son jour de congé.

Le souvenir de son humiliation – et du combat – lui échauffe le sang. Il bondit hors du cube de douche et s'essuie rageusement. Il vérifie sa cachette : toute sa panoplie de vengeur s'y trouve encore… sauf le passe-muraille. Bien entendu, les mémoires du cerveau-logis n'ont conservé aucune trace des intrusions.

Puis, comme dans un cauchemar qui se répète, le cerveau-logis annonce une visite.

– Sarnia Noor.

Cette fois, Arran s'assure que ses caméras de surveillance sont exemptes de programme pirate. Il enfile ses pantalons et vérifie l'écran.

– Hé, frérot, c'est moi ! Tu boudes ou quoi ?

C'est bel et bien Sarnia et son fils Russel qui se tiennent devant sa porte. D'un geste, il fait naître une jungle animée sur les murs de son biotope. Les lianes se balancent dans la brise. Des cercles de feuilles pointues couronnent des arbres. Russel aime observer les animaux simulés qui s'y déplacent.

Aucune candidate au mariage n'accompagne ses visiteurs. Remerciant Odi, Arran ouvre largement la porte.

– Sus à l'ennemi, mes fidèles légiokhans ! s'écrie une voix flûtée.

Russel, aussi noir de cheveux que son oncle, le prend d'assaut. Arran attrape son neveu sous les aisselles et lui fait faire un vol plané. Le garçon éclate de rire, pendant que Sarnia dépose leurs bagages.

Plus tard, Arran leur fait les honneurs de sa table. Il a mitonné une omelette et un pain de noix très nourrissant, avec une onctueuse crème qui ne laisse pas son neveu indifférent.

– Miam ! Délicieux, mon oncle !

– Tu es vraiment un bon cuisinier, frérot.

Les talents culinaires d'Arran ont été cultivés à la Cité blanche. Il songe au frère Thessalon, qui inculquait aux apprentis les bases de l'équilibre alimentaire. Comme plusieurs, il se demande comment un humble frascati avait pu convaincre ses supérieurs que c'était une bonne idée, mais il apprécie le résultat.

• • •

Cité blanche, quelques années plus tôt

L'assemblée annuelle des carimates et des maîtres menvatts est une occasion normalement joyeuse, tenue dans une grande salle à l'écart des apprentis et des acolytes. Les grandes fenêtres laissent voir la ligne brisée de montagnes, au flanc desquelles le gel a creusé des cirques de pierre. Les vitres chromatiques révèlent aussi le chatoiement du champ de camouflage qui protège le monastère contre la détection.

La proposition d'ajouter le cours de cuisine au cursus des clowns vengeurs a d'abord suscité un concert de protestations outrées.

– Mais où je vais piger les deux heures d'escrime par semaine que vous m'enlevez? proteste un maître de combat, agitant sa fourchette.

– En tout cas, pas dans mes sessions de lutte à mains nues, rétorque un autre instructeur, les bras croisés devant son assiette.

– C'est inf*ââââme*! tonne maître Joron en se resservant du dessert. On va former des mollassons!

– Je dois admettre que c'est une requête inhabituelle, réplique poliment maître Quinte, alors que les marmitons emportent les assiettes.

Le chef des cuisines du monastère d'Odi est un moine long, blond et pâle comme un fantôme. Orphelin élevé au monastère, Thessalon a embrassé très tôt la voie spirituelle. Il aurait pu devenir un carimate et diriger les cérémonies au monastère, mais il a préféré se spécialiser dans l'humble service des cuisines. Il a dirigé le service au banquet, y déversant tout son art culinaire.

Devant l'assemblée, le frascati Thessalon annonce qu'il a relevé une sévère lacune dans la formation des Odi-menvatts.

Les convives écoutent ses explications sur la diététique, hochant gravement la tête. Beaucoup ne sont pas convaincus de l'utilité de la chose. Le frère Thessalon décide alors de brandir son argument massue.

– Mes frères, j'espère que vous avez apprécié le clafoutis aux cerises qui a conclu ce repas.

Des claquements de langue et des hochements de tête montent de la grande table.

– Le poison indétectable que j'y ai ajouté vous tuera tous en vingt-quatre heures.

– Quoi ? s'écrie maître Quinte.

– *F*'est de la frime, rétorque maître Joron, la bouche pleine.

Mais le frère continue avec calme.

– Le premier symptôme est une vive douleur au ventre, dès que les premières bouchées auront voyagé assez loin dans votre estomac. Ce qui devrait, selon mes calculs, être maintenant.

Plusieurs gémissements confirment ses dires.

– Ouille, ouille, par Odi…

Maître Joron regrette vivement d'avoir enfourné trois portions de dessert. Un autre essaie de se faire vomir, en vain.

– Plus tard, vos acides stomacaux dégraderont le poison en sa forme active, laquelle commencera son transit intestinal, avant d'émietter vos reins.

Entraînés à défendre les moines d'Odi, des ligmares se mettent en position autour de Thessalon. Assis à côté du maître instructeur, le Grand Carimate lève une main apaisante (l'autre étant pressée sur son estomac).

– Du calme, mes amis !

Plusieurs marmitons entrent alors, porteurs d'une cinquantaine de carafes qu'ils déposent devant les convives.

– À moins, continue le frère Thessalon, d'absorber le remède que mes acolytes vous distribuent en ce moment. Il désagrégera le poison en deux composés neutres qui seront ensuite évacués.

Le silence retombe alors que les convives vident leurs verres, avec une retenue qui les honore.

– Mes frères en Odi, vous comprenez que les Odi-menvatts sont vulnérables de plus d'une façon. Mes élèves apprendront non seulement l'art de bien se nourrir afin d'atteindre une forme maximale, mais aussi l'art de fabriquer des poisons et des remèdes.

Des soupirs de soulagement circulent bientôt autour de la grande table en U.

Maître Quinte se plie brusquement en deux, ses mains agrippant son ventre. Ses épaules tressautent convulsivement.

Frère Thessalon hausse un sourcil. Ignace Joron serre ses poings énormes.

– Par le Grand Odi, votre contrepoison ne fonctionne pas sur tout le m*ooo*onde !

Mais Ferris Quinte ne se tord pas de douleur. Bientôt, un rire homérique éclate, un son rarement entendu à l'intérieur des murs du vénérable monastère.

• • •

Les cours de cuisine étaient vite devenus un répit bienvenu pour des élèves moulus par le régime d'exercices imposé. Quoique certaines tâches, comme brasser à la main les œufs en neige ou dépecer un gibier au couteau, s'avéraient presque aussi épuisantes.

Le frère Thessalon était un des rares enseignants du monastère à posséder une faible expérience de combat : les mauvaises langues disaient qu'un enfant aurait pu le jeter à terre.

En revanche, gare au candidat qui ne le prendrait pas au sérieux ! Le maître cuisinier était intraitable sur les résultats. Nombreuses sont les têtes sur lesquelles il a déversé, à l'improviste, une chaudière de farine. Plusieurs élèves se souviennent de ses coups de cuillère sur les jointures des doigts.

– Un Odi-menvatt avisé doit savoir se nourrir pour entretenir sa santé, répétait-il, agitant sa longue cuillère en bois. Vos muscles, vos ligaments et vos os méritent autant de soins que vos armes et même davantage. Une arme peut toujours être remplacée.

Depuis son bout de comptoir, où il tentait désespérément de sauver une crème béchamel pleine de grumeaux, Arran avait rétorqué :

– Mais, Maître, on peut toujours manger au restaurant.

Fwip !

La pointe arrondie de la cuillère de bois avait tapé le bout de son nez avec juste assez de force pour causer une désagréable vibration dans le crâne d'Arran. Le reste de la classe observait le professeur d'art culinaire avec un respect ravivé.

En troisième année de formation à la Cité blanche (et avec deux candidats retranchés de leur nombre), les élèves s'abstenaient de rire bêtement. Arran pouvait cependant deviner les sourires amusés de ses camarades.

– Jeune marmiton, la vie en solitaire finira par vous porter vers la malbouffe, s'était exclamé Thessalon. Aussi sûrement que les mouettes affamées se jettent sur les restes de poissons laissés par les pêcheurs.

Il avait gonflé ses joues en notant l'état de la sauce qu'Arran cherchait à dissimuler.

– Désolant spectacle ! Élève, vous boirez cet échec afin de l'assimiler pleinement.

– Quoi ?

– Ensuite, vous recommencez cette recette.

Arran avait conservé un parfait contrôle de son irritation naissante alors qu'il inclinait le bol vers sa bouche. Le frère Thessalon l'avait observé en silence alors qu'il avalait les gorgées de liquide blanc (avec les grumeaux de farine). Quand le bol avait été vidé, l'instructeur avait continué.

– Une trop grande dépendance envers d'autres pour cuisiner vos repas peut vous trahir. Sans oublier les alcools frelatés ou les poisons qui pourraient se mêler à votre nourriture…

D'ailleurs, il n'y avait pas que des recettes de mets succulents au menu des apprentis marmitons : ceux-ci apprenaient comment se confectionner un remontant, un stimulant, un somnifère, un désinfectant ou un contrepoison… le tout à partir de substances légalement disponibles.

Grâce au frère Thessalon, Arran Noor a appris où se procurer les meilleurs ingrédients. Il peut se fabriquer des barres nutritives au cas où une requête exigerait des heures de filature, des stimulants pour rester éveillé plus de vingt-quatre heures.

Et, quand il reçoit, il sait créer des mets délectables.

• • •

– Avec un tel talent culinaire, ça m'étonne que tu n'aies toujours pas trouvé chaussure à ton pied, s'exclame Sarnia entre deux bouchées de pain de noix.

Elle savoure une gorgée provenant de grains de café qu'il a torréfiés lui-même.

– À la fois exquis et corsé, maman l'aurait apprécié. Alors, frérot, quoi de neuf dans ta vie?

– Euh, eh bien, rien de spécial.

En réalité, Arran voit régulièrement quelqu'un, mais il ne souhaite pas en discuter. Russel s'essuie les lèvres.

– Ils devraient t'engager pour faire la bouffe à ton hôpital, dit-il. Tu es le meilleur chef du Cinquième Continent!

Sarnia relève la tête de son assiette vide.

– Tu sais, dit-elle, je souhaiterais tellement que nos parents soient avec nous.

Arran baisse les yeux sur son assiette. Sa sœur ne peut voir ses poings crispés sous la table.

– Oui, murmure-t-il. Ils me manquent à moi aussi.

À la tombée de la nuit, frère et sœur contemplent la vue depuis son minuscule balcon. Les silhouettes des immeubles se découpent contre le ciel rougeoyant. À ce moment, son neveu est assis sur ses genoux, et une douce quiétude remplit Arran Noor.

Il aimerait tant que sa sœur emménage près de chez lui.

Hélas, Sarnia préfère rester auprès de la famille qui l'a adoptée après la mort de son époux. Russell et elle retourneront à Mirage-Sud par le vol de nuit, avec escale à la quadri-métropole.

8

La forêt menacée

Arran procède à la toilette matinale d'un centenaire aux membres grêles. Le vieil homme barbote dans le bain, perdu dans un heureux nuage de dégénérescence.

Au-dessus du patient, les huit tentacules de caoutchouc d'une pieuvre de lavage pendent, immobiles. La « pieuvre » s'acquitterait plus rapidement de ce travail, avec les éponges et les brosses rotatives terminant chaque tentacule. Hélas, l'hôpital ne dispose pas des ressources pour entretenir ces bijoux technologiques après une avarie technique.

Alors les préposés doivent se mouiller. Cela ne le dérange pas, car il peut ainsi réfléchir à son enquête.

Fidèle à sa promesse, le Cercle a suspendu les envois de requêtes à son endroit (Arran doute fort qu'il y en ait beaucoup) pour qu'il puisse investiguer à son aise. Pourtant, il n'a guère progressé en huit jours. Il aurait bien aimé qu'un meschikhâs l'assiste, mais sa place tout en bas de la pyramide écologique de l'Ordre ne lui permet pas d'accaparer un de ces as du renseignement.

Les équipes de meschikhâs s'activent pour contrecarrer les dernières tentatives du G.L. pour effacer les clowns vengeurs de la carte politique.

Il soupire en vidant l'eau du bain.

Si les Odi-menvatts ne s'éliminent pas eux-mêmes, songe-t-il.

Après sa discussion sur les requêtes avec maître Quinte, Arran s'est intéressé aux archives de la Cité blanche. À plusieurs reprises, des clowns vengeurs trop zélés dans l'acceptation des requêtes ont constaté, sur une dizaine d'années, une forte baisse des demandes dans leur région… comme un lac qui se vide lorsqu'on pompe ses eaux plus vite qu'elles ne se renouvellent.

S'il vit assez vieux pour quitter le service actif et devenir instructeur à la Cité blanche, Arran compte bien enseigner l'écologie d'Odi aux apprentis trop fringants. Ceux-ci, une fois devenus des Odi-menvatts accomplis, devront gérer avec sagesse les requêtes qu'on leur adresse.

Il essuie sans hâte le vieux patient qui marmonne : « Mon fils, tu es un bon fils. »

Alors qu'il recouvre son patient d'une robe de chambre, un caprice de la ventilation apporte une bouffée d'air frais qui embaume le pin. La conscience d'Arran a beau savoir qu'il s'agit d'essences artificielles ajoutées à l'air, son cœur est transporté dans la forêt, il se revoit tenant la grande main brune de son père.

Venu du Sud, Rowan Noor, comme sa femme, avait une peau plus foncée que celle des habitants du Nord. Ses compétences en comportement botanique l'avaient fait engager par des industries de culture. Mais Rowan possédait aussi une grande connaissance des lois de l'écologie, et une conscience intuitive du durable et du non-durable que son fils appliquait aujourd'hui aux Odi-menvatts.

Toujours souriant, bricolant ses échantillonneurs, Rowan Noor prenait ses propres mesures des niveaux de pollution, lesquelles contredisaient souvent les données officielles.

Ils marchaient entre les grands arbres qui étendaient audessus d'eux des ramures bienveillantes. À travers les troncs brillaient les eaux de la rivière d'Arcure, qui n'était pas encore devenue le Grand Lac d'Arcure. Par des trouées des rayons dorés frappaient le plancher de fougères, faisant étinceler des nuages de moustiques.

Pendant que son père installait ses trappes d'insectes et ses échantillonneurs d'air, et qu'il enfonçait une sonde pour interroger le sol, le petit garçon se couchait sur la mousse. Ses yeux suivaient les cumulus dodus qui se hâtaient à travers le morceau de ciel découpé par les feuilles. Une brise agitait les branches, comme si les arbres exécutaient entre eux une valse silencieuse.

Les stridulations des grillons, les bourdonnements d'abeilles laborieuses et le glouglou du ruisseau l'engourdissaient dans un cocon de bonheur. En ce temps-là, le petit Arran de huit ans ne voyait que la beauté du monde.

Éduqué par son père, il connaissait les noms des plantes, des arbres, et le processus de décomposition de l'humus qui transformait la mort en une vie nouvelle. Il aspirait l'air qui sentait bon les feuilles fraîches, la mousse et le ruisseau.

— Ils font une grave erreur de noyer la vallée. Il ne faut pas dilapider les trésors de demain.

– Pourquoi, papa ?

Rowan pressa le sol du pied.

– Cette forêt est unique. Dans le sol vivent de minuscules bêtes qui s'agglutinent aux racines des chênes que tu voies et les aident à se nourrir.

– Comme les arbres-poubelles dans le parc ?

Ces arbres au tronc jaune moutarde, avec leurs branches hérissées retombant comme un plumeau, peuplaient les quartiers populaires.

– Les arbres-poubelles sont une espèce créée artificiellement pour absorber la pollution des villes. Mais les bactéries qui leur sont associées détruisent les microorganismes qui vivent sur les arbres sauvages. Et dans la nature, les arbres-poubelles s'implantent aux dépens des espèces naturelles.

– Alors, le barrage ne sera pas bon ? Notre éducateur dit qu'il faut plus d'énergies renouvelables pour les nouvelles usines.

– Ce ne sera pas une bonne chose. La population de pins et de chênes autour du lac est unique. Les arbres-poubelles ne s'y sont pas infiltrés. Les arbustes qui y poussent ont l'ADN des cultures ancestrales, avant les manipulations.

Le sujet devait revenir lors des discussions en famille lors du souper.

– Mes chiffres ne mentent pas, disait son père. Le ministre sera forcé de reconnaître que ce barrage détruirait un milieu écologique très riche.

Sa mère hochait la tête, pensive. Elle-même avait étudié en zoologie. Elle discutait avec calme, alors que son père s'emportait facilement, surtout devant l'aveuglement des autorités.

Le rapport officiel parlait d'une étendue sans valeur d'arbres-poubelles, tandis que les chênes et les pins que Rowan avait recensés étaient des essences difficiles à trouver dans la nature, en dehors de quelques pépinières agréées.

Malgré son jeune âge, Arran pouvait apprécier la sagesse de sa mère. Quand le garçon se mettait en colère après s'être fait refuser une friandise ou une sortie, Tara Noor disait d'un ton ferme : « Tes cris ne sont pas des arguments. »

Arran se rappelait particulièrement un soir, leur dernier souper en famille. Le matin même, Rowan Noor était parti très tôt pour le centre de la quadri-métropole afin de déposer en personne une plainte officielle contre le ministère de la Technologie. Puis il avait envoyé une copie de son rapport dans les deux médias officiels.

— Ce n'est pas prudent, avait argumenté sa mère. Tu aurais dû attendre que tes preuves soient mieux étayées avant de déposer ta plainte.

Mais la forêt menacée passionnait Rowan.

— Le barrage n'attendra pas, lui ! Des équipes ont même entrepris des coupes à blanc, dans des secteurs qui devraient être protégés. Il faut les arrêter !

— Et je te dis qu'il faut choisir ses combats. Ces politiciens ne reviendront pas sur leur décision pour un seul citoyen.

— Je suis le meilleur spécialiste en population végétale de tout Mirage-Nord. Ils ne peuvent ignorer mon recensement des forêts naturelles de la rivière Arcure. Leur rapport était une fraude.

– Même si tu présentes tes données éprouvées, ces politiciens ont déjà pris leur décision.

Rowan s'était levé, soudainement pâle.

– Tu te résignes trop vite. Bon… Je vais prendre un peu d'air.

Son père était sorti en coup de vent.

L'instant d'après, les enfants avaient entendu le bruissement de leur planeur, qui se dirigeait vers la vallée de l'Arcure. Le garçon avait éprouvé surtout de la déception. Rowan ne l'avait pas emmené en balade !

Le garçon avait attendu son père, à la fenêtre, pendant deux jours.

• • •

Un message enregistré avait enfin averti la maisonnée que des arpenteurs automatiques avaient identifié son corps. Après une enquête menée trop vite, on avait conclu que Rowan Noor avait été tué par la chute d'un arbre près du Lac d'Arcure, alors qu'il parcourait la forêt menacée.

Bien sûr, ni sa mère ni Arran ne l'avaient cru.

Le botaniste était l'image même de la prudence. Était-ce son manque de réserve qui l'avait fait cibler ? Seul dans une forêt, son père, tout vigoureux qu'il fût, n'aurait pas fait le poids contre des tueurs armés.

La police s'était murée dans le silence. Le rapport d'autopsie de Rowan Noor était resté introuvable.

Convaincue d'un complot pour éliminer son mari, Tara Noor avait exigé une enquête plus poussée. Ses appels étaient restés lettre morte. Deux semaines après avoir écrit aux médias, un chauffard l'avait happée mortellement, laissant deux enfants orphelins.

La perte de ses parents a instillé chez Arran une rancune tenace qui l'a suivi à sa sortie de l'orphelinat. Bien bâti, l'adolescent a été dirigé vers le service aux malades.

Sarnia s'est distinguée en danse avant d'être remarquée par un jeune officier légiokhan. Ils se sont épousés et ont déménagé dans Mirage-Sud. Hélas, à peine deux ans plus tard, son mari a été tué lors d'une escarmouche avec les rebelles, manquant de peu la naissance de son fils. Arran n'a vu son beau-frère qu'au mariage. Il garde le souvenir d'un grand échalas brun au rire contagieux. Un rire éteint…

• • •

Un matin, alors qu'il balayait le plancher de son étage, le préposé avait découvert un malade baignant dans son sang. Une fois le corps emporté, les langues s'étaient déliées dans l'hôpital. Un clown vengeur y avait exécuté une requête. L'événement avait ravivé le chagrin du jeune homme face à la perte de ses parents.

Avec précaution, Arran avait contacté l'Ordre, utilisant la même adresse électronique clandestine que d'autres requérants de vengeance.

Sa demande restée sans réponse, il s'était dit que la surveillance des serveurs informatiques obligeait les

Odi-menvatts à faire preuve de précaution. Il s'y était repris trois fois en six mois, toujours sans obtenir de réponse. Il avait fini par se résigner : les clowns vengeurs n'avaient pas retenu sa candidature. Après tout, il ne devait pas être le seul gars de dix-neuf ans assoiffé de justice. Ou était-il déjà trop âgé pour être recruté ?

Il logeait dans un immeuble vétuste d'un quartier populaire. Pour s'y rendre, il traversait un tunnel piétonnier, souvent mal éclairé la nuit. Confiant en la carrure héritée de son père, le préposé ne s'en souciait guère du danger quand il revenait de ses quarts de soir.

– Arran Noor ?

À six pas devant lui, son long manteau noir flottant, le chapeau jetant une tache d'ombre sur son visage, se dressait un homme de haute taille. La seule lueur venait du pommeau en or de sa canne.

L'individu connaissait son nom. Il ne s'agissait pas d'un truand harcelant les promeneurs.

– Qui êtes-vous ? avait-il demandé d'une voix assurée.

L'inconnu avait souri, révélant des crocs luisants.

– Tu as fait une requête, Arran Noor.

– Oh ! Vous… vous êtes un…, avait-il balbutié.

– Je te surveille depuis une semaine.

Les Odi-menvatts l'avaient habilement filé, car il n'avait rien remarqué.

– Tu es sûr de ce que tu requiers ?

Arran s'était raidi, puis avait carré ses épaules.

– Oui, avait-il dit.

L'inconnu avait relevé le bord de son chapeau, laissant voir le visage blanchi aux lèvres peinturlurées, dominé par un gros nez de clown noir.

– Je dois te prévenir, ta vie d'Odi-menvatt ne sera ni excitante, ni agréable. Tu devras abandonner trois choses.

– Lesquelles?

– L'espoir d'une vie familiale, car un Odi-menvatt ne peut devenir père. Deuxièmement, ta vie sociale, car tu dois garder le silence et obéir au Cercle, en plus de devenir un paria aux yeux des autorités.

– Et la troisième?

– Ton innocence, car ta tâche sera d'infliger, au nom d'Odi, les pires punitions.

– J'imagine que c'est pour tester ma résolution que vous n'avez pas répondu à mes premières requêtes.

Le clown vengeur avait hoché la tête.

– As-tu réfléchi aux sacrifices?

– Oui.

– Tu te crois prêt à embrasser la vie d'un disciple d'Odi?

– Oui!

L'Odi-menvatt avait levé une main gantée.

– Odi en soit témoin, j'accepte ce candidat...

Le clown vengeur avait dû l'assommer en un éclair : Arran n'avait conservé aucun souvenir entre cette réplique et son réveil, couché au fond d'une cellule.

Une fenêtre – ou un écran? – dévoilait un paysage inconnu. Des montagnes aux pics acérés, sans doute celles de la cordillère au nord du Cinquième Continent.

Puis un homme était entré. Vêtu d'une longue tunique, ses cheveux gris encadrant un visage mince, il affichait une expression à la fois sereine et sévère. Un Odi-menvatt sans maquillage.

– Bienvenue au monastère d'Odi, Arran Noor. Je suis Ferris Quinte, responsable de la formation des aspirants.

9

La mécanicienne

Le jeune homme sort du sous-sol de l'hôpital, encore imprégné de ses souvenirs du monastère. Certains candidats de son groupe étaient des orphelins recueillis par les moines d'Odi qui avaient débuté très jeunes. Toutefois, on n'avait pas jugé Arran trop âgé pour entreprendre sa formation.

Il n'avait eu qu'un regret, c'était que l'Odi-menvatt ne lui ait pas donné le temps de prendre ses souvenirs chez lui. Pas grand-chose : une mini-projection de ses parents, une boussole antique de son père, une feuille de chêne lyophilisée que le petit Arran avait ramassée en forêt…

Mais il n'avait pu s'y attarder : l'entraînement spartiate s'étirait de l'aube jusqu'au coucher du soleil. Pour rattraper des adolescents plus souples que lui, Arran avait dû s'exercer davantage.

Ah, ses baignades dans l'eau du glacier, suivies de la course pour échapper aux coups du maître instructeur !

Il se remémore ses cours de pilotage dans des machines retapées, entre les montagnes qui semblaient se refermer sur lui. Les cérémonies et la méditation au temple d'Odi, les exercices de combat, l'épreuve du Creuset de la volonté…

Il frémit au souvenir de la douleur insidieuse qui menaçait alors de faire éclater son corps.

Au lieu d'emprunter le chemin vers son biotope, Arran bifurque sur une rue plus étroite. Le trottoir et les murs se couvrent peu à peu de graffitis haineux envers le Gouvernement légitime. Bien sûr, sa mère aurait trouvé les arguments vaporisés plutôt répétitifs.

« Mort au G.L. ! » « Le G.L. à la poubelle ! »

En roulant à basse vitesse, le jeune préposé bouge lentement ses épaules et contracte ses muscles abdominaux, en un exercice discret.

Il arrive en vue d'une sculpture abstraite qui coiffe une modeste fontaine publique. Mal entretenue, son eau verte témoigne d'une infestation d'algues. Des enfants s'y arrosent, insouciants des maladies qu'ils peuvent y contracter, pendant que les parents, en chômage, bavardent sous les feuilles jaune moutarde des arbres-poubelles.

Arran bifurque vers un garage en face de la fontaine. La devanture montre deux baies vitrées sur une enseigne clinquante rouge vif : « Louis & Mario, mécanique générale ». Les grandes portes scellées protègent du vol les véhicules en réparation. Après avoir verrouillé sa moto, le jeune homme se présente à une porte de service, à gauche des aires de réparation.

Il pose la paume sur le battant, puis pousse. Il entend un *plop !* de caoutchouc hermétique décollé, puis la porte s'écarte.

Le garage sent les vieilles huiles répandues sous des monticules de chiffons. Arran traverse une aire de réparation, notant deux rutilants modèles aéroturbo et une moto spinomoteur. Un gros congélateur sépare l'atelier mécanique d'une petite arrière-boutique, les piles supraconductrices se conservant à basse température.

Il contourne le congélateur et pénètre dans une arrière-boutique encombrée de casiers et de pièces mécaniques. Un cylindre éventré gît sur une table de travail. Les murs sont couverts de pigeonniers accueillant des petites pièces, des piles et des attaches. Il ne peut voir le plafond, duquel pend une pléthore d'outils, attachés à des vrilles qui lui rappellent des liens de ligoteurs.

– Molette ! appelle une voix.

Une femme engoncée dans une ample combinaison bleue fouille dans un lacis de fibres optiques. Son physique généreux cache une moitié du coupleur thermostatique qui devait se trouver dans le cylindre ouvert. De dos, Arran ne voit que ses cheveux blonds attachés par un élastique.

Pendant qu'il la regarde, une vrille s'allonge, portant une clef à molette qu'elle attrape d'une main.

– J'en ai pour un petit moment, Arran, dit la femme sans se retourner.

La mécanicienne ne laisse rien au hasard. Les moniteurs de sa combinaison ont enregistré l'approche du visiteur. La porte de l'atelier ne se serait pas ouverte autrement.

– Par le Grand Arcure ! s'écrie-t-elle. Je ne sais pas ce que ces idiots ont fabriqué avec ce coupleur, mais qu'ils ne s'imaginent pas que je vais me taper le derrière à essayer de le rafistoler.

Elle lève au ciel ses avant-bras constellés de taches de rousseur.

– Je viens de perdre une belle heure : bon pour la casse !

Elle arrache les fils, puis lance le coupleur vers le fond de la pièce. L'appareil atterrit avec un bruit métallique dans un contenant rempli de débris similaires.

– Zorra, tu n'as qu'à leur facturer le coût d'un neuf.

Enfin, la femme se retourne, son visage taché d'huile illuminé par un sourire.

– Oh, mon doux naïf au cœur d'or !

Arran a rencontré Zorra Vallée au cours d'une ballade en moto avec Russel. Un bruit inquiétant l'a amené au garage Louis & Mario, que la mécanicienne tient avec deux confrères. Tout en admirant les courbes racées de la Black River, Zorra a diagnostiqué une mauvaise lubrification des soupapes. La mécanicienne s'est acquittée de la réparation assez vite pour permettre à Arran et Russel de revenir à temps pour le souper. Depuis, il a adopté ce garage pour l'entretien de son bolide.

– Tu imagines que ces petits voyous de bas étage ont dans leurs poches de quoi payer un coupleur neuf ? fait-elle. Nan ! Ils espèrent faire retaper et reficeler celui-ci jusqu'à qu'il n'en reste qu'une douzaine d'atomes mal attachés.

De silhouette arrondie (*« Ce n'est pas de la graisse, c'est du muscle »*), la mécanicienne n'est pas aussi séduisante que les coquettes infirmières de l'hôpital. Toutefois, Zorra compense par un humour caustique (*« Bah, les idiots et les légiokhans me foutent la paix»*) qui a d'abord amusé, puis retenu le jeune homme. Et puis, ses mains sont des mains de magicienne, qu'elles glissent sur du métal ou sur de la peau…

Zorra s'essuie avec un mouchoir taché de graisse.

— Eh ! Parlant de liaisons atomiques pourries, j'aurais une info pour ton copain qui enquête sur les accidents.

Spécialisée en soudure et résistance des matériaux, la jeune femme s'est montrée intriguée par les accidents de S.P.E.E.K. qui ont défrayé l'actualité.

— Vraiment ? Laquelle ?

Ses yeux gris pétillant de malice, Zorra lui lance une capsule de données qu'Arran attrape au vol. Il ne reconnaît pas les marques d'identification habituelles.

— Tu as pris ça où ?

— Ça vient d'un confrère qui avait trop bu au Rideau d'Or, dit-elle. Il est mécano pour nos vaillants Arcurides.

Capable d'ingurgiter une grande quantité d'alcool, Zorra récolte plus que sa part de confidences auprès de techniciens éméchés. Le jeune homme dégage un lecteur (à demi enterré sur une colline de vis et de boulons) puis il y dépose la base du cylindre.

Aussitôt qu'il active l'appareil, une série de rectangles noirs apparaît. Sur chaque rectangle, un trait zigzagant évoque un éclair fracturant la nuit.

— Qu'est-ce que c'est ? demande Arran. Un orage ?

— Ce sont des photos des débris des trois S.P.E.E.K. qui se sont écrasés récemment. Ce que tu vois sont des fissures à fort grossissement, captées aux rayons X.

Il s'assoit à la table encombrée pour mieux se concentrer.

– J'espère que ton pote du ministère des Transports va trouver la cause de ces accidents, dit la mécanicienne.

Arran lui a caché la véritable nature de son enquête, prétextant l'aide à un confrère inspecteur qui pourrait se montrer généreux ensuite. Piquée par la possibilité d'une incompétence, Zorra s'y donne sans réserve. Elle est vite devenue une précieuse alliée dans son enquête.

Échaudé par l'indiscrétion du Cercle, le menvatt à canne de bronze évite de recevoir sa « petite » amie dans son biotope.

De même, il s'interdit d'aller chez Zorra. De toute façon, elle passe plus d'heures dans cet atelier empestant l'huile à moteur que dans son appartement. Alors, le jeune préposé se permet une escale au garage. Jamais deux jours de suite, et toujours à l'heure où les autres mécaniciens ont entrepris leur quête pour découvrir le meilleur bar de la cité.

Zorra ne se formalise pas outre mesure de cette discrétion, bien qu'elle lui demande parfois des nouvelles du « petit garçon de la moto ». Quant à l'aspect récréatif de leur relation, les coussins autogonflables s'avèrent très pratiques.

En ce moment, son amie examine d'autres documents, des radiographies de soudures projetées au-dessus de sa plaque de lecture. Bien que le menvatt sache piloter n'importe quoi, la mécanique n'est pas vraiment son fort. Zorra lui explique les rudiments des machines avec une patience digne d'Odi.

Elle lui montre un diagramme, avec un «éclair» se divisant en plusieurs fils.

— Ça, c'est une microfissure de cisaillement dans une pale de rotor récupérée d'une carcasse de S.P.E.E.K.

— Et qu'est-ce qu'on peut en déduire?

— Cet alliage a été testé par les mécaniciens au service des Arcurides. On mesure la résistance d'une pièce d'alliage en compression, en tension et en cisaillement.

— Cisaillement?

Puis elle fait apparaître trois diagrammes.

— En compression (elle presse ses paumes l'une contre l'autre), il résiste bien. En tension (elle entrelace ses doigts et tire comme pour les séparer), il résiste aussi. Cependant, en cisaillement (elle glisse ses paumes l'une contre l'autre) il manque vingt pour cent de résistance.

— Bof, vingt pour cent, ce n'est pas terrible. Tu as dit qu'il y avait un facteur de sécurité.

— Oh! Mais si, ça compte! Les pales d'un rotor sont exposées au flux de l'air. Elles tournent à une vitesse folle. En vol normal, tant que l'alliage n'est pas trop sollicité, ça résiste. Mais s'il y a la moindre turbulence ou une brusque accélération, *crac!* La pale se déforme.

— Mais si les autres pales tiennent le coup, ça ne devrait pas avoir de conséquence. Le rotor n'arrête pas de tourner parce qu'une pale est tordue.

— Ah, lala, quelle tête dure! Bon, imagine, au lieu d'un rotor, une chaîne à laquelle est suspendu un gros poids. Et un des maillons de cette chaîne qui faiblit…

– Oh ! Je vois…

– La puissance fournie par le rotor chute quand le frottement de l'air augmente. Et ça donne des « coups », car au lieu de passer sans histoire, la masse d'air est bousculée.

Le jeune homme songe à la secousse qu'il a sentie dans le S.P.E.E.K. piloté par le malheureux Lanark.

Un *psssshiit !* aigu attire son attention vers ses pieds. Un beignet blanc est en train de se gonfler et de s'étendre, jusqu'à ce que le congélateur et la table le coincent.

Zorra drape ses bras sur ses épaules.

– Assez enquêté, mon doux innocent. On se fait la bise ?

Non, la vie de clown vengeur n'est pas que plaies et bosses !

10

L'Arcuride

La salle d'archives contient des trillions de grains en suspension, chacun contenant une information. Zorra y navigue avec aisance, ses gants blancs isolant un grain au hasard, identifié par ses lunettes d'interface.

Arran, lui, déteste nager dans un nuage de données. Ses lunettes d'interface de jeu étant incompatibles avec les codes d'archives du ministère des Transports, les données n'apparaissent à ses yeux que comme un tourbillon de poussière. Il regrette presque d'avoir accompagné Zorra ici après son boulot.

Normalement, un simple préposé d'hôpital ne pouvait espérer être admis dans une tour administrative. Piquant le ciel au centre de Montag, la tour est une antenne locale du puissant Gouvernement légitime, dont le parlement fortifié siège dans la quadri-métropole. Les cartes d'une mécanicienne cherchant à réparer un turbo cassé avec un nouvel alliage leur ont permis de passer. Un ascenseur les a emmenés à la porte de la salle.

Il entend une brusque aspiration de son amie.

– Holà, ils sont susceptibles ! s'écrie la jeune femme. Ce n'est pas comme si je cherchais un secret d'État.

Autour de son amie, les particules d'info se teintent de rouge. Puis le nuage pourpre remonte et disparaît au plafond. Zorra repousse ses lunettes d'un geste rageur, puis enlève ses gants.

– Pas moyen de savoir d'où proviennent les pièces défectueuses. En plus, les rapports d'inspection des épaves sont introuvables.

– Ne perdez pas votre temps, les jeunes, j'ai essayé, moi aussi, dit une voix grave.

Zorra lâche presque ses lunettes, les yeux arrondis de stupeur. Arran se retourne. Aussitôt, son rythme cardiaque double, fouetté par la poussée d'adrénaline du réflexe *combattre ou fuir*.

Une haute silhouette en armure et casque bloque le passage hors de la pièce.

Les Arcurides forment un corps de combattants qui possèdent des capacités physiques et mentales bien au-delà de la moyenne. La légende les attribue au Grand Arcure, un guerrier exemplaire, dont les gènes auraient été préservés.

Celui qui se tient devant le couple, même sans armes, ferait un adversaire coriace. Son insigne de capitaine inscrit sur sa cuirasse n'a pas été gagné avec de belles paroles.

Les Odi-menvatts et les Arcurides sont des ennemis jurés depuis toujours. Arran se force à se calmer, surtout qu'il est en tenue de préposé, sans la moindre arme.

Même en dehors des heures de service, les soldats d'Arcure se mêlent peu à la population. Ils vivent dans des arcologies souterraines appelées des fosses, défendues par d'imposantes mesures de sécurité. Divertissements, armes, provisions, serviteurs sont accessibles au fond des fosses.

Arran se demande s'ils ont des parcs, là-dessous. Les enfants des Arcurides (si ces soldats endurcis peuvent avoir une famille) ont-ils jamais vu une forêt ? Il chasse rapidement ces pensées.

L'arc-capitaine rabat son casque vers l'arrière, découvrant un visage aux traits fripés qui contraste avec sa puissante carrure. Il montre du gant le nuage de données derrière Zorra.

– Certains nodules d'info sont marqués, dit-il. Dès que vous faites mine de vouloir les consulter, ça déclenche une réaction de vierge effarouchée.

Une trace d'ironie dans sa voix et un bref sourire atténuent la dureté de son langage. Des fils d'argent courent dans les cheveux de l'homme. Le poignard bleu tatoué sur sa joue gauche a l'air émoussé.

L'organisme surstimulé d'un Arcuride brûle comme une étoile bleue. Rares sont ceux qui atteignent la soixantaine. Ça, c'est quand leurs démêlés avec les criminels, les insurgés des provinces rebelles ou les occasionnels clowns vengeurs ne les déciment pas dans la fleur de l'âge.

Avec cette tête d'acteur vieillissant, celui-ci va certainement crever dans quelques années.

– Vous enquêtez sur les accidents, hein ? demande l'arc-capitaine.

– Ben, oui, répond innocemment Zorra.

Son regard parcourt le corps cuirassé et le visage crevassé.

Arran se mord les lèvres, en proie à une étrange irritation. La brève vie des soldats du Grand Arcure leur attire souvent les faveurs – ou la compassion – de la gent féminine. Le jeune homme réprime une violente envie de raccourcir la longévité de ce spécimen.

– Moi aussi, je mène mon enquête, dit l'arc-capitaine. Des véhicules de nos forces ont connu des ratés. J'ai perdu trois hommes la semaine dernière.

– Oh, fait Arran, avec une note de sympathie parfaitement imitée.

En réalité, trois Arcurides de moins ne l'émeuvent guère. Zorra croise les bras par-dessus sa volumineuse poitrine, son regard gris devenu méfiant.

– Je trouve curieux qu'un gradé prenne du temps pour de simples recherches, dit-elle. Vous n'avez pas un type sous vos ordres qui pourrait faire ce boulot ?

Sans doute amusé par la question, l'arc-capitaine déploie un large sourire qui fait grimper de vingt degrés le *jalousimètre* d'Arran.

– J'aurais certes préféré qu'un autre use ses bottes à ma place, demoiselle. Malheureusement, le sous-ministre Wollas n'a pas accédé à ma demande de tenir une enquête sur les accidents.

– Ils n'ont pas analysé les débris ? s'exclame Zorra.

L'arc-capitaine hausse les épaules.

– Qui comprend les politiciens ? Mes supérieurs lui ont emboîté le pas. Pour eux, il s'agit d'erreurs de pilotage. Point.

Puis il s'approche du couple, si près qu'Arran pourrait l'attaquer à mains nues.

– Mademoiselle, dit-il d'une voix basse, je suis Thorold Callander, capitaine d'escadre des troupes d'Arcure. Je crois qu'il serait utile de mettre nos informations en commun.

Il jette un regard sur un bracelet constellé de cadrans à son bras gauche.

– Mais pas ici.

• • •

La table chargée de bouts de fils et d'articulations mécaniques, de suspensions, de ressorts et de joints magnétiques domine l'atelier de réparation. Zorra et Arran ont pris place sur des tabourets-ressorts. La cuirasse et les armes de l'arc-capitaine ne lui permettent pas de s'asseoir dans un espace aussi encombré ; Callander s'est simplement adossé au congélateur des pièces supraconductrices.

– Vous avez obtenu des résultats, de votre côté ? s'enquiert Zorra.

– Juste avant que l'arc-colonel m'interdise l'accès aux infos, j'ai mis la main sur une information intéressante.

Le capitaine tape son gant bardé de microcommandes, faisant apparaître une sphère au-dessus de la table. Des points rouges parsèment l'image du Cinquième Continent.

– Qu'est-ce que c'est que ces points ? demande le jeune homme.

– Ils marquent les endroits où les accidents sont arrivés aux S.P.E.E.K. des forces Arcurides.

– Il y en a plus qu'on croyait.

Le thermomètre intérieur d'Arran s'est apaisé : voilà qu'il peut parler à un descendant d'Arcure sans lui sauter à la gorge.

– Les réseaux de nouvelles contrôlés par le gouvernement ne publicisent pas nos accidents, à moins qu'ils ne se produisent devant un large public.

– Et ça fait combien de temps que ces accidents ont débuté ? demande Zorra. En ajoutant ces derniers, ça fait bondir les statistiques.

– Le premier date de deux ans. Un deuxième s'est produit voilà dix-sept mois. Puis, depuis cinq mois, les accidents se sont multipliés. J'ai d'abord soupçonné l'œuvre d'un habile saboteur. Toutefois, malgré une surveillance accrue de nos hangars, d'autres appareils se sont écrasés.

– Capitaine, dit Zorra, je crois que ce sont des pièces défectueuses qui ont causé ces accidents.

– Je le pense aussi. Mais sans les analyses pour le confirmer…

Elle montre les cylindres de données obtenus plus tôt.

– J'ai ici des photos de soudures sur des pièces récupérées qui le prouvent.

Cette fois, le sourire de Callander éclipse les lampes halogènes du plafond.

– Vous êtes merveilleuse, demoiselle Zorra ! Quel dommage que mes supérieurs se méfient trop des femmes. Vous pourriez avoir un bon boulot chez nous, et avec de meilleures conditions.

Ses poings crispés, Arran coupe court à ces effusions.

– Il faudrait trouver la provenance de ces pièces, suggère-t-il.

Il songe aux S.P.E.E.K. retapés par les mécaniciens de la Cité blanche. La plupart d'entre eux sont volés. L'Ordre d'Odi a beau être riche, se procurer des appareils en bon état reste une opération compliquée. Tout fabricant ou revendeur qui ferait affaire au grand jour avec l'Ordre y perdrait sa réputation… ou sa vie.

– Avec vos photos, je crois en être capable, dit Callander.

L'arc-capitaine appuie les cylindres contre son gant, transférant les données des analyses. Dans l'espace virtuel apparaît un groupe de points reliés par une vingtaine de lignes. Toutes convergent vers un même point. La mécanicienne consulte les rapports. Ses sourcils s'élèvent.

– Ça alors ! Les pièces viennent d'une usine de la compagnie Velocel.

L'arc-capitaine se frotte le menton.

– Cette usine a pourtant passé avec brio les inspections du ministère des Transports. Il n'y a rien sur les trois derniers rapports, dit-il.

– Je peux les consulter ? demande la mécanicienne.

– Si vous voulez.

L'arc-capitaine lui remet une capsule d'infos. La mécanicienne déploie son écran de lecture. Elle parcourt rapidement les feuilles virtuelles des rapports, qui sont eux aussi pleins de chiffres et de diagrammes qu'Arran fait mine de comprendre.

– Aucun manquement n'a été décelé pour Velocel, déclara-t-elle enfin. Hum ! La construction de cette usine est très récente. Je vois que ces rapports sont d'accès public.

– Par contre, à part vos examens de soudures, tous les résultats d'analyses des épaves sont introuvables.

Arran scrute une carte géographique. Soudain, ses épais sourcils se froncent.

– Tiens, cette usine se trouve près du barrage qui ferme le Grand Lac d'Arcure.

C'était contre la construction de ce barrage que son père s'était tant activé…

Zorra remarque son expression durcie.

– Ne râle pas contre ce barrage, dit-elle. La fonte et la cuisson des alliages requièrent une formidable quantité d'énergie. Bien des usines s'implantent près d'une source abondante et renouvelable.

Le capitaine rabat sa visière.

– Bon, je dois retourner à mon service. Merci pour vos efforts, les jeunes.

Thorold Callander sort du garage. De dos, avec son casque, il est redevenu un Arcuride anonyme, lointain… tuable.

11

Prière à Odi

Le menvatt vient d'exécuter la requête d'une riche héritière avec grâce et efficacité, laissant sa victime suspendue comme un fruit charnu au portique de sa demeure. Cette humiliation complète la vigoureuse bastonnade exigée pour cet amant volage.

Pendant son tortueux chemin de retour, changé et déguisé en fêtard, une sourde angoisse taraude le vengeur. Cette requête «urgente» était tombée dans son collimateur, alors que le Cercle avait, croyait-il, suspendu ses missions.

Le code prioritaire de la requête l'a obligé à revêtir ses habits de vengeur peu après avoir reconduit Sarnia et Russel à l'aéroport. Arran n'a rien laissé voir de son appréhension lors de la visite de sa sœur et de son neveu. Il n'aime pas entreprendre une mission de vengeance si peu de temps après un paisible souper familial.

Et puis, le comité de filtrage n'aurait pas dû laisser passer une demande aussi loufoque.

Si l'exécution d'une requête non mortelle préserve le bassin de clients potentiels, leur excès finit par nuire à la réputation des Odi-menvatts… ce qui abaisse éventuellement le nombre de requêtes adressées à l'Ordre. Car, pour ces petites affaires, bien des voyous désœuvrés font concurrence aux clowns vengeurs.

Alors qu'il s'apprête à traverser un passage piétonnier dans le quartier des divertissements, il aperçoit une patrouille de légiokhans marchant vers lui.

Arran ne craint pas d'être démasqué, mais il juge bon d'ajouter une précaution supplémentaire. Il glisse une main dans ses poches et actionne un gadget du Cercle. En huit secondes, une micropompe à air coincée sous sa peau lui confère un faux embonpoint digne du jeune préposé grassouillet qu'il incarne.

Son allure trompe les patrouilleurs, qui recherchent sûrement un athlète.

Plus loin sur son chemin, il repère d'autres patrouilles de légiokhans. Par précaution, le vengeur décide de faire un plus long détour par un quartier contigu au sien. Le même promeneur identifié par deux patrouilles éloignées paraîtrait suspect.

Quand Arran rentre après une longue marche, il est exténué. Sur sa table mobile traînent les restes du repas généreux partagé avec sa sœur et son neveu. Il n'a pas encore pris le temps de débarrasser la table.

Mâchonnant une barre calorique de sa confection, il ajuste son envirologis à une ambiance tropicale avec une brise douce. Il a besoin de récupérer après ces efforts.

Il sélectionne les nouvelles de fin de soirée. Dans la jungle projetée sur son mur se découpe une fenêtre animée.

Plan sur un groupe d'hommes en complets, au pied d'un bâtiment lourd. La muraille du barrage remplit le fond de l'image. Puis la caméra roule vers un cordon de légiokhans qui tiennent à distance un groupe de gens. De gros ballons ornés de slogans roulent au-dessus des têtes. Ils ont remplacé les pancartes.

« Le ministre Cochrane inaugure en grande pompe un deuxième complexe métallurgique près du Grand Lac d'Arcure. Un groupe d'agitateurs a été dispersé par les légiokhans. »

Puis l'image montre un amas de métal duquel s'échappe une épaisse fumée noire. Le béton crevassé témoigne de la puissance de l'impact. Des machines jaunes et noires, croisement entre des tracteurs et des araignées, achèvent de répandre une mousse orange sur l'incendie.

« Un vol partant vers la quadri-métropole s'est tragiquement terminé. »

Arran se redresse brusquement.

« L'avion de ligne s'est écrasé peu après son décollage, entraînant dans la mort les trois quarts de ses passagers. L'intervention rapide des pompiers a permis d'évacuer les blessés à temps. »

Au bas de l'écran, le numéro de vol apparaît. Arran le connaît par cœur : c'est le vol de nuit habituel de Sarnia et de Russel. Il bondit.

Espérant contre tout espoir que sa sœur ait raté son vol de retour, il décide de la contacter. Une autre fenêtre s'ouvre dans le mur, mais elle demeure noire.

Le telcom de Sarnia ne répond pas.

Ils ont pu choisir un autre moyen de transport, se dit-il. Son cœur battant la chamade, il contacte le domo-répondeur de Sarnia. L'hologramme qui apparaît indique que sa sœur n'est pas arrivée chez elle.

Arran dicte un message d'une voix sèche. Puis il attend.

Et attend.

• • •

Les mains crispées sur le guidon de sa moto, Arran aspire de grandes goulées d'air. Les premières lueurs de l'aube découpent les silhouettes des édifices qui s'élèvent à mesure qu'il approche du cœur battant de Montag.

Obtenir les informations pour trouver le lieu où les blessés et les morts ont été emmenés a pris un temps fou, tant la bande passante était engorgée. Il roule vers un hôpital de second degré du centre-ville. Son cœur bat à tout rompre.

En roulant, il reste à l'écoute des canaux d'actualité. Les paroles onctueuses du ministre Alfred Cochrane coulent comme un acide concentré dans son estomac.

« Nous offrons aux familles des victimes notre sympathie la plus sincère, a-t-il déclaré. L'enquête se poursuit pour déterminer la cause de cet accident. Entre-temps, la compagnie de transport assure les soins aux passagers survivants. »

Les noms de sa sœur et de son neveu figuraient sur une liste de blessés diffusée en matinée.

Le jeune homme ralentit en voyant les centaines de personnes qui se pressent contre un cordon d'Arcurides. Il verrouille sa moto pour continuer à pied. En marchant, il dicte un court message pour se faire remplacer à son boulot. Ses services sont assez appréciés pour éloigner le danger d'être congédié, mais on ne sait jamais.

Se faufilant à travers une foule compacte, il ne prend que trois minutes pour se rendre à l'entrée. L'Odi-menvatt remercie silencieusement maître Quinte d'avoir ajouté *L'Art de se mouvoir dans une foule* au curriculum du parfait vengeur.

L'entrée est gardée par deux soldats en armure et un officier dans la vingtaine dont la tunique matelassée porte, avec le sigle d'Arcure, la barre simple d'un aide de camp. Son visage sans poignard tatoué sur la joue indique qu'il a échoué son rituel du Phœnix.

— Vos cartes, je vous prie, demande-t-il.

Celui-là ne montera jamais en grade et restera cantonné à des postes de subalterne. Toutefois, il s'acquitte honorablement de sa tâche. Il jette un œil sur le visage cerné d'Arran.

— Vous avez de la famille sur ce vol?

— Oui, répond-il, sans donner de détails.

Pendant que l'Arcuride raté vérifie son identité, l'Odi-menvatt réfléchit. Les fils d'Arcure possèdent, eux aussi, leur propre système de crible. Au départ, les candidats qui échouaient au rituel, extrêmement douloureux, étaient éliminés. Toutefois, des chefs plus intelligents ont jugé inutile de gaspiller plus de vies que celles déjà enlevées par la rébellion et la lutte aux clowns vengeurs.

Le jeune officier lui remet ses cartes.

— Allez, et bon courage! dit-il. Ils vont vous appeler.

La chaleur de sa voix contraste avec le détachement typique des fils d'Arcure. *Ce type a trop d'empathie,* conclut-il. *Je comprends qu'il ait échoué son rituel.*

Quand Arran pénètre dans l'édifice, il n'est pas au bout de ses peines. La salle de triage est bondée de parents éplorés. Il ne reste plus de places assises. Le jeune homme adopte une position de guetteur : jambes un peu écartées, mains dans les poches, le bas de sa colonne vertébrale appuyé contre le mur. Il peut garder très longtemps cette position, bien moins exigeante qu'une récente mission dans un jardin de statues...

En contraste avec son immobilité, un serpent d'angoisse se tord dans sa tête. Il n'arrive pas à méditer.

Il révise inutilement le passé, imaginant trente façons d'éviter ce drame, de retenir sa sœur pour la nuit, ou de changer son billet... Il se demande si Sarnia a expiré pendant qu'il l'attend, à quelques pas. Quant à Russell, il est incapable d'y penser.

Plus que jamais, Arran comprend la raison de l'interdiction faite aux clowns vengeurs de fonder une famille. Il saisit aussi pourquoi tant d'orphelins, certains élevés au monastère d'Odi, composent les rangs des menvatts.

Il ne sait pas combien de minutes s'écoulent alors qu'il brûle d'impuissance, au milieu des gémissements et des pleurs.

– Arran Noor ! appelle une voix.

Il lève la tête. Un médecin cerné et mal rasé se tient devant une double porte gardée par d'autres Arcurides. Sa combinaison blanche est tachée de sang et de café. Arran se présente devant lui.

— Je viens pour ma sœur, Sarnia Noor, et son fils Russell, dit-il.

Le médecin consulte la liste de noms sur le registre enroulé autour de son poignet.

— Votre sœur se trouvait à l'arrière de l'avion, dit-il d'une voix lasse. Elle souffre de fractures aux jambes et de brûlures sur un côté du corps. Elle va s'en tirer.

— Et Russel ? Mon neveu ?

Le médecin baisse la tête, dévoilant un cercle de calvitie.

— Je suis désolé. L'enfant était trop brûlé. On n'a pu que soulager sa douleur. Il s'est éteint peu après son arrivée.

Arran tressaille comme si une main invisible étreignait son cœur.

— Je… je peux la voir ?

Le médecin touche son registre pour faire ouvrir les portes menant aux salles de soins. Au moment où Arran s'y engage, un jeune homme à l'air sombre le bouscule.

— Sale toubib, s'écrie l'homme, mon père est mort et tu vas le payer !

L'homme furieux se plante devant le médecin, sous le regard indifférent de l'Arcuride de garde.

— Toi et tes pareils vous gardez les meilleurs équipements pour ces limaces de riches, crache-t-il. Vous auriez pu le sauver, je le sais ! Je vais t'envoyer un clown vengeur pour te faire la peau !

Le jeune colérique s'éloigne. Les épaules du médecin s'affaissent.

L'Odi-menvatt se mord les lèvres. *Si le comité de filtrage ne fait pas son travail, je risque d'avoir à exécuter ce malheureux.*

• • •

Malgré l'action des purificateurs d'air, une odeur de chair brûlée domine la cellule, tout juste assez large pour un lit. Les *clics* et les *bips* des appareils de surveillance enterrent la respiration haletante de sa sœur.

Sarnia Noor est couchée dans un lit-bassin où circule de l'eau à la température du corps. Arran connaît ces dispositifs pour traiter les grands brûlés, mais son hôpital de zone trois n'en dispose pas. Une toile de fausse peau recouvre le dessus du corps de sa sœur. Il sait que sous la toile, d'autres filaments reconstruisent la peau, cicatrisent les plaies.

La tête de Sarnia repose sur l'auréole bleue d'un oreiller-moniteur.

Le peu qu'Arran voit du visage, masqué par des tubes et bandages, est une ruine pourpre. Ses lèvres en partie brûlées lui composent une grimace macabre. Elles seront régénérées plus tard.

– Sarnia ?

Elle tourne la tête, juste assez pour que son œil gauche, épargné, le fixe.

– F'érot…

Son débit est déchiqueté par les sédatifs, mais Arran parvient à reconstituer ses mots.

– Mon petit Russel a rejoint son père. J'aurais… j'aurais aimé te dire qu'il n'a pas souffert, mais… (Elle marque une pause, retient un sanglot.) Je l'ai tenu contre moi, mais ça n'a pas suffi. Au moins, les médecins l'ont soulagé. J'ai… j'ai tenu sa main jusqu'au bout.

Empli de désespoir, Arran secoue faiblement la tête, refusant de croire. Finalement, sa vue s'embue.

– Je… je t'aiderai, sœurette, balbutie-t-il. Je paierai pour ta reconstruction faciale.

L'œil le fixe.

– Frérot?

– Oui?

– Dans mon sac. Pochette. Un p-papier.

Arran fouille dans le sac à main, trouve la pochette. Il en extrait un vieux papier froissé, doux comme un tissu.

Sur le papier, une écriture malhabile a tracé des mots par trop familiers : «Demande à l'Ordre des clowns vengeurs contre Sarnia Noor…»

La requête qu'il avait rédigée, enfant!

– Oh, Sarnia! Tu m'en veux encore pour cette requête?

– Et toi, tu m'en veux encore… pour le cactus?

En réponse, Arran lui saisit la main qui a été miraculeusement épargnée et la presse contre sa joue mal rasée.

– C'était un souvenir, murmure-t-elle. D'un autre temps…

Son œil se referme.

– Toi, moi… on était heureux et on ne le réalisait pas.

Dans la gorge d'Arran, une boule d'émotion est sur le point d'exploser. Voir son neveu grandir l'avait consolé de ne pas avoir lui-même de descendance.

Maintenant, le jeune homme ressent une envie primale de tout casser. Il a beau être un Odi-menvatt entraîné à tuer et à contrôler ses émotions, la mort de cet enfant vient de creuser en lui un trou béant.

C'est pour des innocents comme toi que je suis devenu un Odi-menvatt, pense-t-il, les poings crispés sur le garde-fou du lit. *Et je n'ai pas pu te protéger, mon petit Russel!*

Sa sœur s'étant rendormie, Arran sort de la chambre. Il s'appuie contre le mur, ignorant les auxiliaires et infirmiers qui vont et viennent comme dans une ruche.

Il respire lentement pour se calmer. Les moines du monastère répètent lors des offices que «la volonté d'Odi est impénétrable». Pourtant, Arran s'imagine mal le dieu se réjouir de la mort d'innocents.

Il murmure tout bas sa prière *Pour ceux qui ne grandiront pas.*

«Odi,
que les plis de ton manteau
enveloppent ceux qui ne grandiront pas,
protège leur sommeil innocent
en attendant le jour
où nous serons réunis
à nos fils et filles
pour chanter Ta gloire.»

• • •

Méditant sur la place des destins abruptement coupés dans le grand dessein d'Odi, Arran marche la tête penchée. Il manque de buter sur une armure luisante.

Il aurait dû se montrer plus attentif.

– Hé, le jeune! appelle une voix grave dans son dos.

Le poil sur la nuque d'Arran se hérisse comme si une cible venait de s'y inscrire. Il se retourne. Le soldat cuirassé a levé un bras dans sa direction.

– Tu es Arran Noor, c'est ça? Le petit ami de Zorra?

Il reconnaît alors l'arc-capitaine.

– Capitaine? Les Arcurides n'ont-ils pas mieux à faire que de contenir une foule?

Thorold Callander dégage sa visière, montrant des yeux aussi cernés que ceux du médecin.

– J'ai mes ordres, dit-il, et ils viennent de haut. Mes hommes protègent les blessés et les médecins contre les reporters qui se seraient rués sur eux. Notre quart de surveillance va se terminer bientôt. Et toi?

– Ma... ma sœur et mon neveu se trouvaient sur le transport qui s'est écrasé.

Callander penche la tête, la bouche entrouverte.

– Oh..., fait-il. Comment vont-ils?

Le menvatt reste un moment stupéfait. Un Arcuride qui s'inquiète de sa famille, c'est la meilleure!

Puis il revoit Sarnia, abîmée, brisée au fond d'une chambre grosse comme une armoire. Il se souvient d'une balade en moto, les mains de Russel agrippant sa taille.

Une larme descend le long de sa joue. Il l'essuie des doigts, d'un geste rageur. Mais une autre larme s'évade aussitôt. Puis une autre.

On dit que les clowns vengeurs, de par leur métier, accumulent en eux une provision d'émotions violentes et contradictoires. Parfois, le barrage cède. Arran Noor n'a pas pleuré une seule fois depuis son départ de la Cité blanche. Et voilà que c'est devant un ennemi qu'il s'épanche.

Une chance que maître Quinte ne le voit pas...

– Allons, allons, mon gars, grogne Callander. Je n'ai pas de mouchoir dans mon armure !

Arran parvient enfin à colmater la brèche de ses émotions. Il renifle bruyamment.

– Ma sœur Sarnia est soignée ici, répond-il. Gravement brûlée. Mon neveu, Russel, est mort. Il avait seulement sept ans.

– Et le père ?

– C'était un lieutenant légiokhan. Mort en service depuis longtemps. Ma sœur reçoit une minuscule pension, car leur mariage dans le Sud n'a pas été reconnu à Mirage-Nord.

– Saleté d'administration, crache l'arc-capitaine.

Thorold Callander enlève son casque, fermant son micro. Le jeune homme a l'impression qu'il y a plus de fils blancs dans ses cheveux.

– Et vous ? demande Arran. Vous avez une famille ? Des enfants ?

L'arc-capitaine secoue la tête.

– Non.

La vapeur chaude qui s'échappe de la porte d'une buanderie déforme l'image du couloir. Callander indique la pièce du menton. Les hommes y entrent. Deux rangées de laveuses ronronnent. L'arc-capitaine, sans doute satisfait de la discrétion du lieu, répond d'une voix lasse.

— Les enfants d'Arcurides n'ont pas d'enfance. Ils sont entraînés et soumis à des batteries de tests.

— Ah, j'imagine ! Pour voir s'ils ont des gènes du Grand Arcure...

— Hum, en principe nous sommes *tous* ses descendants. En pratique, certains de nous ne possèdent aucune trace des gènes du Grand Arcure. Les premiers tests visent à savoir si les capacités des enfants dépassent celle de leurs parents.

Le jeune homme hausse les épaules.

— Ça ne me semble pas une raison de craindre la paternité.

— Tu as entendu parler du rituel du Phœnix ?

À peu près tout le monde en avait entendu parler, chacun émettant les conjectures les plus farfelues sur le déroulement.

— Euh, celui pour être confirmé fils d'Arcure ? C'est un simple test, non ?

— Ouais, pour séparer le bon grain de l'ivraie, comme dit un vieux grimoire. Mon aide, Bruce, ne l'a pas réussi, alors il demeurera assistant le reste de sa vie. Et pourtant, c'est un type bien, même s'il est incapable de tuer une mouche. Tu as dû le croiser, c'est lui qui contrôlait l'accès.

Arran revoit son visage, la voix chaleureuse du jeune officier sans poignard tatoué.

— Eh bien il y en a d'autres, de ces rites, concernant des enfants d'Arcurides. Même moi, je ne connais pas les détails, mais il y avait une épreuve que des ambitieux imposaient parfois pour trouver un enfant qui serait un parfait avatar d'Arcure.

L'homme en armure se tait, laissant planer un silence traversé par le battement des laveuses et les mille bruits d'un hôpital actif.

Le menvatt novice a eu vent d'un rite secret, que les archives de la Cité blanche ont décrit en détail. À frémir. Le rituel de l'Hydre imposait un sacrifice d'enfants pour la venue d'un avatar... Mais un simple préposé aux malades ne peut connaître ces détails. Arran mime une curiosité naturelle.

– Et alors ? Ils ont trouvé un avatar ?

L'Arcuride souffle bruyamment, comme pour repousser une poussière qui se serait posée sur ses lèvres.

– Ouais ! Sauf que ça n'a pas donné le résultat espéré par la faction qui voulait dominer le monde à ce moment-là.

Il regarde ses gantelets.

– C'est pour ça que je n'ai pas eu d'enfants. Pour ne pas envoyer d'autres graines au moulin qui les broiera en une farine malléable.

Les deux hommes, celui qui ne pourra jamais devenir père et celui qui a refusé de l'être, partagent un moment de silence. Quelqu'un a oublié une bague dans un vêtement. Elle tinte en frappant la paroi de la laveuse.

Ting, ting, ting...

– Vous avez une idée de la cause de cet accident ? chuchote Arran.

– Je n'ai pas réussi à obtenir les enregistrements de ce vol civil. C'est la quadri-métropole qui les garde. Le sous-ministre Wollas ne laisse rien filtrer de l'enquête.

– Il y a cette usine de production près du barrage. Vous y êtes allé voir ?

— Pas eu l'occasion encore, mon jeune. Je devais y aller aujourd'hui pour inspecter les nouveaux S.P.E.E.K. de mon escadre avant leur livraison. Mais le commandement m'a envoyé ici. En plus, les galonnés me mettent des bâtons dans les roues. Je viens d'apprendre que Bruce va être muté dans une ville de Mirage-Sud. Je n'accorde aucune confiance au remplaçant que mon supérieur a choisi.

— Pourquoi ?

— De un : il m'espionne déjà, j'en suis certain, dit Callander. De deux : je sens qu'on me cache quelque chose. Enfin, demain, j'irai visiter cette usine d'assemblage des S.P.E.E.K. et j'en apprendrai peut-être davantage.

Arran songe aux éclairs qui barrent les clichés de soudure. Puis à son neveu.

— Je vous aurais bien accompagné, murmure-t-il. (Il serre les lèvres. Pour un simple civil, ce n'est qu'un vœu pieux.)

Les sourcils poivre et sel de Callander se nouent.

— Toi, un simple préposé d'hôpital ? À moins que...

Un coin de sa bouche se relève.

— Hé, je crois que j'ai une idée, qui impliquerait aussi ta talentueuse amie.

— Mon amie ?

Un sourire courbe le poignard bleu tatoué sur la joue de Thorold Callander.

— Le jeune, accepterais-tu de me servir de garçon de courses ?

Arran déglutit. Un menvatt qui travaille pour un Arcuride ? *Ma canne d'argent est un mirage de plus en plus lointain...*

12

InSPEEKtion

Les rangées d'appareils de combat fraîchement construits brillent sous le soleil. Des techniciens empressés astiquent les ailerons de sustentation, nettoient les parebrises renforcés des cockpits, vérifient les déflecteurs. Les flancs ont été recouverts d'une couche ignifuge qui les fait miroiter. En séchant, le produit libère dans l'air une odeur oppressante qui rappelle à Arran les puissants antiseptiques de l'hôpital.

Il doit s'avouer que les S.P.E.E.K. de l'Ordre, assemblés à partir de pièces ou d'appareils volés, font piètre figure auprès de ces rutilantes machines.

— Cesse de te dévisser la tête, le jeune, chuchote une voix près de lui. Tu es mon assistant.

L'arc-capitaine a troqué son armure contre une tunique officielle du même bleu sombre que le poignard tatoué sur sa joue. Ses cheveux gris lissés vers l'arrière accentuent son expression autoritaire.

Dans sa tenue pourpre, Arran est un humble raisin dans la grappe de serviteurs qui s'affairent au service des guerriers d'Arcure. Un bonnet assorti à son uniforme cache la masse de ses cheveux noirs. Il transporte sur une plaquette une liste de points d'inspection, cochant de son ongle chaque étape accomplie.

Zorra marche devant lui, ses cheveux attachés sous sa casquette. Ses formes opulentes sont dissimulées sous une ample combinaison orange. Deux soldats en armure ferment la marche.

Thorold Callander a réquisitionné les services des deux civils, puisant dans un privilège de son statut d'arc-capitaine. Le matin même, le dénommé Bruce s'est discrètement rendu au garage pour apporter les uniformes. Sa discrétion a évité au jeune menvatt d'avoir à se présenter devant la fosse Arcuride de Montag.

Le faux assistant se baisse sous un aileron pour suivre la mécanicienne, puis se redresse, prenant ses repères. Une tourelle au pied articulé domine la cour qu'il vient de traverser. Les grandes fenêtres miroirs cachent les surveillants qui peuvent voir tout le périmètre.

L'usine ressemble à un crabe géant dont les pattes sont autant de chaînes de montage. Un mur bétonné de quatre mètres de haut protège l'usine, son sommet jonché de projecteurs. Jadis propriété d'un humble fabriquant de nacelles de luxe et de petits gyrocoptères, la compagnie avait été rachetée par Trent Simcoe.

Renommée Velocel, l'entreprise s'est diversifiée, attirant autant la clientèle militaire avec ses drones et ses S.P.E.E.K. que la clientèle civile avec ses avions de ligne.

Le trio suit une des « pattes » du crabe qui se termine contre le mur d'enceinte. Un grésillement continu s'échappe de l'intérieur, mêlé à un grondement plus sourd. Selon les plans consultés, cette salle de transformateurs reçoit l'électricité générée par les turbines du barrage.

– Il n'était pas nécessaire de vous déplacer, Capitaine !

Simcoe lui-même se hâte à leur rencontre, son costume serré soulignant sa bonne forme. Il porte des lunettes d'interface ovales qui se colorent de bleu quand des schémas y défilent. Ses cheveux argentés sont juste assez longs pour lui donner un air de séducteur, sans toutefois nuire à sa vue. Son regard glisse sur l'épaisse silhouette de Zorra, sans l'enregistrer sur son radar.

– Notre entreprise a un service de contrôle de qualité hors pair. Selon les rapports d'inspection du G.L., cette usine jouit de la meilleure cote de tout le Cinquième Continent.

– Je préfère m'assurer du bon état de nos appareils *avant* d'avoir des ennuis, réplique Callander.

Trent Simcoe hoche vivement la tête.

– Mais je vous comprends, Capitaine. Je suis moi-même un ancien pilote de ligne et je sais ce que peut représenter un manque de confiance envers son appareil.

– Cet écrasement de la veille inquiète mes hommes.

– C'est un triste accident. Le pilote a dû commettre une erreur. S'il avait laissé l'ordinateur de bord diriger son appareil…

La voix de l'arc-capitaine coupe le blabla.

– Nos pilotes sont adéquatement formés. Je veux m'assurer que je n'envoie pas mes hommes en manœuvres dans des appareils défectueux.

– Dans cette usine, nous contrôlons toutes les opérations, depuis la fonte du minerai provenant des mines de

Mirage-Ouest au moulage, jusqu'au calibrage des pièces finies. Chaque appareil est ensuite assemblé sur place.

Callander englobe du bras le parterre d'appareils luisants.

– Et la sécurité ? demande-t-il. Qui vous dit que des malins ne se glissent pas dans l'enceinte la nuit venue ?

Le directeur désigne la tourelle de surveillance.

– L'usine fonctionne avec un personnel minimal, vingt-quatre heures sur vingt-quatre. Le sommet de cette tour est hérissé de canons à dispersion et de lasers qui couvrent tout le terrain. Des postes de tir automatique juchent les murs externes. En moins de quelques secondes, ils peuvent transformer la cour en une souricière mortelle.

L'arc-capitaine lève les yeux sur un cumulus floconneux qui dérive.

– Des saboteurs peuvent arriver par le haut, dit-il. Le camouflage sous un nuage de gouttelettes magnétisées est un classique.

–Vous avez peur des nuages ? C'est une vieille ruse !

Le directeur de l'usine crache un ordre dans un micro dissimulé dans son costume. Arran entend derrière lui un *pouf* sourd, comme un malade qui expulse ses fluides. Il a à peine le temps de se retourner pour voir un canon vertical se rétracter dans le sommet de la tourelle.

Le cumulus floconneux se dissipe comme par magie.

– Oh, fait Zorra. Vous avez lancé des capsules asséchantes ?

Simcoe ignore la question de la mécanicienne. Son attention concentrée sur l'arc-capitaine, il poursuit.

— Vous distinguez ces lampes sur le pourtour de la tourelle ? Ce sont des projecteurs de champ. Vous ne le voyez pas en plein jour, mais la toile magnétique qu'ils tissent peut griller les mémoires des caméras qui se risqueraient à nous espionner ; idem pour les cerveaux des parachutistes.

Il semble remarquer le grand assistant de l'arc-capitaine, dont la peau brune détonne parmi eux.

— Velocel fait face à une forte concurrence venue des usines de Mirage-Sud. L'espionnage industriel est une plaie.

— Je réponds de mon assistant, dit Callander. Bon, j'aimerais inspecter un de ces bijoux.

Quand ils se tournent pour suivre le directeur, Arran identifie enfin le grondement sourd qu'il a perçu à son arrivée : c'est la chute d'eau du barrage qui se déverse avec fracas dans le lit du canal, derrière le mur de l'enceinte.

Ils gravissent la passerelle qui entoure un S.P.E.E.K.

L'intérieur des nouveaux appareils sent le caoutchouc fraîchement moulé, avec une petite note ferreuse.

— L'aménagement de celui-ci comporte deux postes de tir, explique Simcoe, ignorant la mécanicienne entrée à leur suite.

Pendant qu'il parle à l'arc-capitaine, la garagiste inspecte les soudures avec un micro-projecteur d'ultrasons relié à ses lunettes. Arran note les résultats, ou plutôt, s'assure de cocher les bonnes cases.

— Rien à redire sur la cabine, chuchote son amie. Il faudrait que je voie les stratoréacteurs.

Elle tape sur la trappe qui permet d'accéder aux entrailles du S.P.E.E.K. Celle-ci reste close.

– Pourquoi cette trappe est-elle verrouillée? demande Zorra.

Trent Simcoe sursaute, comme si la jeune femme venait d'apparaître dans son champ visuel. Mais il se reprend vite.

– Désolé, fillette, secret de fabrication!

Irrité par ce ton, Arran serre sa tablette pour ne pas étrangler le directeur. Celui-ci s'est tourné vers son client principal.

– Nos concepteurs travaillent dur et la concurrence est féroce, affirme celui-ci.

L'arc-capitaine se dresse de toute sa taille, ses poings sur les hanches.

– Quoi? Ces appareils sont destinés à nos forces, et vous me dites que nos mécaniciens ne pourront pas y toucher?

Son attitude menaçante n'impressionne guère le directeur.

– Mais vous y gagnerez, Capitaine! affirme ce dernier. L'entretien de ces nouveaux modèles sera entièrement assuré par nos spécialistes. Cela devrait libérer des travailleurs pour d'autres tâches au sein des glorieuses forces Arcurides.

La moutarde monte finalement au nez de l'arc-capitaine.

– Eh bien, s'écrie-t-il, les glorieuses forces Arcurides aimeraient savoir si leur cul va être collé sur une bombe à retardement!

Le jeune «assistant» se pince les lèvres pour ne pas rire. Ils ressortent dans la cour inondée de soleil, le directeur se répandant en assurances.

– Je suis désolé, Capitaine, mais la discrétion est une nécessité commerciale. Seuls l'arc-général ou le ministre peuvent surseoir à cette directive.

Il jette un regard en biais vers la mécanicienne dans sa combinaison orange.

– Et puis, les soudures fraîches laissent des émanations délétères.

Arran décèle une note défensive dans le discours du directeur.

– Il n'a pas tort, lui souffle Zorra à l'oreille. Les alliages de soudure sont toxiques.

– Il aurait pu les ventiler en prévision de notre visite, grommelle le jeune homme.

Simcoe interrompt leur échange.

– Messieurs, dit-il sans un regard vers la jeune femme, aucun appareil ne quitte la chaîne de montage sans subir des tests approfondis. Les inspecteurs du ministère ont passé cette usine au peigne fin sans relever la moindre anicroche. Vous pouvez consulter les rapports…

Du coin de l'œil, Arran voit son amie se mordre la lèvre inférieure, retenant un mot impoli. Elle en a épluché, des rapports.

– Je n'aimerais pas que mes escadres subissent d'autres pertes, affirme vertement l'arc-capitaine.

– Il faudrait sans doute repenser vos manœuvres.

Sa complexion empourprée, Callander risque à nouveau d'atteindre son point d'ébullition. Sa discipline reprend le dessus.

– J'aimerais voir vos procédés de coulage, dit-il.

Simcoe lève les bras, puis les laisse retomber.

– Encore là, c'est un procédé industriel, seul l'arc-géné…

– Oh, je connais le refrain ! Mais vous devez bien entreposer des pièces finies prêtes à l'assemblage.

Le directeur hoche la tête, doublant son menton.

– C'est bon, mon chef de production vous montrera cela…

Il se tourne vers Zorra.

– Mais votre mécanicienne reste dehors. Je vous l'ai déjà dit, la concurrence avec Mirage-Sud est féroce… et à votre place, je ne ferais pas confiance à une bonne femme pour réviser vos engins ! Et vous, jeune homme, vous laisserez ici vos tablettes, lunettes et enregistreurs.

Zorra jette un regard méprisant sur Simcoe, mais elle obtempère sans un mot. Elle tape l'épaule d'Arran, qui lui abandonne ses tablettes. Puis elle regarde le trio d'hommes s'éloigner, adossée contre la patte d'un S.P.E.E.K.

Un contremaître grassouillet accueille les deux visiteurs et leurs gardes. Il les guide vers un hangar jouxtant l'usine. Les gardes doivent ajuster le filtre de leur visière lorsqu'ils passent de la lumière du jour à la pénombre du hangar. Arran cligne des yeux pour se réaccoutumer.

Des centaines de colonnes, géométriquement alignées, occupent l'espace. L'endroit instille chez le jeune homme un curieux sentiment de familiarité.

De près, chaque colonne est un empilage de pièces usinées retenues par des flux de magnétrons émis en continu par les générateurs au sol. Par sécurité, des gaz phosphorescents rendent visibles ces flux, qui dessinent une cage de barreaux orange autour des colonnes.

Un frisson parcourt la colonne vertébrale d'Arran. Il se souvient de colonnes hautes, témoins silencieux des cérémonies dirigées par les carimates[6], des prêtres consacrés au

6. Voir *Héritage maudit*, de Mathieu Fortin, dans la même collection.

service d'Odi. Des colonnes rouges aux bases noires encadraient les moines et les menvatts novices comme pour mieux les offrir au Creuset de la volonté.

Il reporte son attention sur les rails surélevés parcourus par des cylindres à bras articulés, sous les projecteurs qui inondent le plancher d'une lumière froide. Ces rails, décide-t-il, sillonnent les plafonds de toute l'usine. Les robots qui y roulent déposent les pièces encore fumantes au sommet des colonnes.

Un robot hisse un immense rotor, qu'il dépose sur une pile de pièces similaires. Puis des robots roulants retournent vers la salle de fonte interdite au centre de l'usine, accessible par-dessus un mur de protection. En dépit de ce mur, une chaleur intense rayonne jusqu'aux visiteurs.

La chaleur lui rappelle de nouveau le Creuset de la volonté, au centre du temple d'Odi : un large disque noir au cœur rouge. Menée par les carimates en rouge vif, une file de moines et de menvatts l'entouraient tel un collier de perles noires.

Le plancher concave laissait chacun libre de faire quelques pas vers le cercle rouge, à ses risques. Un champ électromagnétique adapté au système nerveux excitait les centres de douleur du fidèle au fur et à mesure qu'il s'approchait du centre.

Le jeune novice se souvient de la migraine lancinante qui l'avait assailli, après que son orteil eut touché la cible rouge. À un autre service, un condisciple anxieux de démontrer son indomptable volonté s'était effondré au centre du disque vermeil. Arran et un autre apprenti avaient enduré d'amères douleurs pour attraper sa jambe, puis traîner le candidat foudroyé hors du creuset.

La voix de l'arc-capitaine interrompt ses réminiscences.

– Et vous-même n'avez pas accès à la salle de fonte ?

– Non, affirme le contremaître. Seuls les robots y travaillent.

– Alors vous laissez à des machines le soin du contrôle de qualité ?

Arran, ses sens aiguisés, perçoit une légère variation de luminosité au-dessus de lui. Il lève la tête, à temps pour voir une ombre s'esquiver derrière un des projecteurs.

– Attention ! crie une voix.

Le bras cuirassé d'un garde frappe violemment le dos du jeune homme, qui roule pêle-mêle avec l'arc-capitaine. Un grincement aigu de métal contre métal couvre les autres sons, un moment avant qu'il sente la vibration d'une lourde masse qui s'écrase au sol.

Relevant la tête, Arran devient conscient des colonnes de pièces empilées qui ondulent. Puis, privées du flux qui les retient en place, elles s'écroulent comme des châteaux de cartes.

Une pluie de débris s'abat sur le groupe. Arran lève les bras pour se protéger, une défense dérisoire. Un corps cuirassé s'abat sur lui.

Quand la poussière retombe, le jeune homme distingue la courbe d'un rotor. Pesant plusieurs tonnes, la pièce a fait craquer le plastociment. Sous le rotor, il aperçoit une armure tordue comme une boîte de conserve écrasée. Une conserve de sauce tomate…

L'autre fantassin frappe du poing l'enveloppe du rotor, une réaction si humaine qu'elle surprend l'Odi-menvatt.

– Marco !

Arran se dégage de l'arc-capitaine, doublement choqué.

– Il... il nous a..., balbutie-t-il, troublé.

Le jeune menvatt s'imagine mal raconter au Cercle qu'un fantassin Arcuride s'est sacrifié pour lui sauver la vie. L'arc-capitaine époussette sa tunique, des particules de gravats tombant de ses cheveux gris.

– On ne fait pas de vieux os chez les Arcurides, marmonne-t-il d'un ton amer.

Simcoe et deux ouvriers accourent depuis l'entrée.

– Qu'est-ce qui s'est passé ? demande le directeur.

– C'est une pièce qui s'est décrochée, bafouille le contremaître. Pourtant, les poulies ont été révisées la semaine dernière, je vous l'assure !

Un regard glacé du directeur le fait taire.

– Votre sécurité laisse à désirer, gronde Callander.

– C'est un regrettable incident, dit-il. Le responsable de l'entretien va avoir affaire à moi.

Simcoe désigne d'un large geste les collines encore fumantes de plaques entremêlées.

– Ça va nous prendre une éternité pour remettre de l'ordre. Je propose qu'on reprenne votre inspection dans deux jours.

Pendant que l'arc-capitaine dirige la récupération du corps, Arran marche vers la sortie, tête renfoncée dans les épaules. Il sait qu'il a vu quelqu'un se déplacer sur ces rails élevés, un exploit qui exige une coordination qui n'est pas à la portée du premier truand venu.

Dehors, des ouvriers font reluire la coque d'un S.P.E.E.K. fraîchement assemblé, apparemment inconscients du drame qui vient de se dérouler à l'intérieur.

Une cannette d'huile sous pression roule aux pieds d'Arran. Il la ramasse pour la redonner à l'ouvrier, court et maigre, qui l'a laissée tomber.

– Merci, dit l'ouvrier.

L'homme fait mine d'examiner la cannette entre ses doigts osseux.

– Je suis Dover Bancroft, chuchote-t-il. J'aurais une info utile pour vous et votre patron.

– Laquelle ?

– Les données sur la dernière inspection de qualité. Les *vraies* données. Ça vous intéresse ?

Le menvatt novice cligne des yeux. Son enquête va peut-être débloquer !

– Bien sûr ! Vous les avez ici ?

– Ici ? Je ne suis pas fou ! Venez me voir ce soir, après mon quart. Avec deux cents crédits. Vingt-trois heures.

– Où ?

– À cette adresse.

Bancroft lui remet un ruban de métal enroulé et s'éloigne. Arran déroule le ruban, interdit. Il n'y a rien d'inscrit. Il est sur le point de classer cette mauvaise expérience comme un apprentissage, quand il remarque une ligne irrégulière de points blancs sur le métal.

À ce moment, Zorra contourne l'appareil, son visage rouge de sueur d'avoir passé du temps au soleil.

– Qu'est-ce qui t'est arrivé ? Tu t'es roulé dans la poussière ?

• • •

Plus tard, le six-roues blindé piloté par Callander s'arrête devant le garage Louis & Mario. Il a auparavant déposé le fantassin survivant à la fosse, avec instruction de garder le silence.

Zorra en descend, ayant enfilé sa tenue normale pendant le trajet. L'arc-capitaine lui prend la main avec toute la délicatesse que lui permettent ses gantelets.

– Mademoiselle Vallée, je suis votre débiteur, dit-il.

– Capitaine, je n'ai rien trouvé d'anormal dans les appareils, hélas.

– Vous avez fait déjà beaucoup, croyez-moi.

Le sourire un peu trop galant fait remonter l'aiguille du *jalousimètre* d'Arran. Mais comme il a besoin de l'arc-capitaine pour son enquête, il s'abstient de tout commentaire. Assis à l'avant du véhicule, les deux hommes attendent que Zorra ait disparu dans son garage, où elle accomplit son quart de nuit.

– Capitaine ?

– Oui ?

– Un ouvrier m'a demandé de le rencontrer. Il aurait des informations sur les inspections. Les vrais résultats.

Callander a une moue sceptique.

– Ce type posséderait ces résultats introuvables ?

– L'ouvrier était sur place lors de la dernière inspection. Il a pu enregistrer ou voler des données. En tout cas, il m'a remis une adresse codée. Je ne peux pas la lire.

Il tend le ruban à l'arc-capitaine, qui l'étire sur toute sa longueur.

– Un malin, dit-il. Il a utilisé un code désuet. Ces points, là, c'est du morse, avec l'espacement qui varie.

Il soulève une paire de lunettes du tableau de bord et les chausse. Déroulant la pièce de métal, il lit l'adresse comme si elle était écrite en toutes lettres.

– Hôtel California. Chambre 22.

– Le California ? demande Arran. Ça m'a l'air d'un endroit bien trop cher pour un ouvrier !

– Si ce type t'a demandé de l'argent, c'est sans doute qu'il monnaye des informations pour arrondir ses fins de mois.

– Ça doit être un piège.

– Et alors ? Nous verrons bien.

L'arc-capitaine se tourne à demi vers lui.

– Je suppose que tu souhaites encore m'accompagner ?

Oublions la canne à pommeau d'or, se dit Arran.

13

Situation épineuse

Le California n'a rien d'un palace, malgré les deux colonnes en faux marbre qui encadrent son entrée. Des briques vitrifiées donnent à la façade un aspect clinquant qui contraste avec le quartier mal famé qui l'entoure, un labyrinthe de rues hérissées de poteaux aux piles solaires mal entretenues.

Une limousine stationnée devant l'établissement luit de propreté.

– En voilà un qui a les moyens, ricane Arran.

Lui et le l'arc-capitaine se sont donné rendez-vous devant l'entrée d'une taverne-caverne, en vue de l'hôtel.

Cette fois, leur déplacement n'a rien d'officiel. Thorold Callander porte une tenue passe-partout à capuchon qui lui donne l'air d'un vieux vendeur de drogue. Une couche de fond de teint cache le poignard tatoué sur sa joue. Arran a enfilé une combinaison foncée typique d'un travailleur à louer. Dans ce quartier, les chercheurs d'ouvrage sont nettement plus nombreux que les salariés.

– Faisons le tour, propose Callander. Je n'ai pas envie de croiser un fonctionnaire qui s'encanaille, ou pire, mon arc-colonel.

Peu après, les deux hommes traversent une arrière-cour jonchée de plaques solaires aveugles, de bouteilles à moitié désagrégées, de draps décomposés et d'autres déchets moins identifiables qui dissimulent une porte de service récemment barbouillée.

Une main y a tracé l'improbable équation *G.L.=ASSASSIN* en peinture rose fluorescente. Le bombeur a sans doute voulu ajouter un S avant d'être interrompu dans son acte de sédition ou de révolte (selon le point de vue) : la dernière lettre se termine par une courbe ouverte comme un au revoir.

Arran contourne une masse de tissus malodorants d'où dépasse une main refermée sur une bouteille, puis il saute par-dessus un bloc de béton constellé de cratères qui semble avoir servi d'entraînement à de petits truands. Il rejoint Callander devant la porte.

L'Arcuride empoigne le loquet sous le S inachevé. À sa surprise, la porte n'est pas verrouillée.

– Un fournisseur qui a oublié de fermer ? chuchote Arran en repoussant le battant derrière lui.

– Ou un piège, comme tu le craignais ?

Le jeune homme se demande s'il aurait dû apporter sa canne-épée après tout. Sans ses armes de clown vengeur, il se sent nu. L'arc-capitaine balaie les murs avec le détecteur magnétique caché dans les motifs de son bracelet. Les yeux d'Arran brillent de convoitise : il se procurera un bracelet semblable dès qu'il aura sa canne à pommeau d'argent.

— Aucune surveillance, souffle Callander. C'est l'endroit parfait pour se livrer à des activités illicites sans crainte de conséquences.

Ils gravissent un escalier poussiéreux qui doit dater de l'époque pré-arcurienne. Les marches craquent sous les pas de l'Odi-menvatt, malgré ses précautions.

Les portes rapprochées trahissent l'exiguïté des chambres, tout au plus des salons-capsules. Ils parviennent au numéro 22. La protection consiste en une serrure à empreinte oculaire. Un bouton de laiton doré ajoute une touche d'ancienneté. Callander utilise à nouveau son bracelet pour scanner le dispositif, au cas où un explosif s'y dissimulerait.

Il sonne. Un carillon de cloches joue les deux premières mesures de *Mon légiokhan à moi*. Le jeune homme grince des dents : ce tube idiot fait se pâmer toute la quadrimétropole ! Cet air sirupeux joue partout, au point qu'il se demande quand quelqu'un déposera une requête contre le compositeur de cette horreur.

Personne ne répond.

Une simple serrure à empreinte oculaire ne constituerait pas un gros défi pour un clown vengeur bien équipé. Arran compte sur l'arc-capitaine pour recourir à une autre de ses subtiles technologies.

— Écarte-toi, le jeune !

Un puissant coup de pied frappe la porte, du côté opposé à la serrure. Le talon blindé de la botte frappe une couche de polymère qui ne date pas, elle, de l'époque pré-arcurienne.

Callander revient à la charge, sous l'œil un peu déçu de son compagnon.

Un deuxième, puis un troisième coup de talon arrachent enfin la porte de ses gonds. L'arc-capitaine n'a plus qu'à faire pivoter la porte autour de sa serrure toujours verrouillée, leur ménageant un espace suffisant pour se faufiler.

Une odeur à la fois amère et sucrée prend Arran à la gorge.

Un jet vermillon dégouline encore sur le mur de l'entrée. Un corps est étendu sur le dos, une plaie ouverte traversant son cou. Le malheureux Bancroft porte une expression plus surprise qu'atterrée.

Réprimant son dégoût (le menvatt novice n'a accompli que trois missions létales, dont une ratée), il se penche pour toucher le corps : la peau est encore chaude.

Le capitaine grimace.

– Encore un coup typique de ces sales *bariolés* ! s'écrie-t-il. Quant à ses infos, elles auront disparu, à coup sûr.

Il a vite scanné le salon-capsule, sans rien en tirer. Une fouille des vêtements du mort ne donne rien non plus. L'arc-capitaine se relève.

Arran, demeuré près de la porte sortie de ses gonds, sourcille.

Quelque chose cloche dans ce tableau, mais quoi ? La position de la victime tombée face à la porte laisse penser qu'il a ouvert à son assassin. Mais Bancroft les attendait, *eux*.

Il examine la surface intérieure de la porte. À hauteur des yeux, Arran découvre un charmant anachronisme : un petit trou percé dans le matériau, avec une lentille.

Bancroft pouvait donc voir qui le visitait.

– Il avait confiance en celui à qui il a ouvert, dit-il.

L'arc-capitaine examine à son tour l'œil-espion.

– Le pauvre type n'aurait jamais ouvert de son plein gré à un de ces clowns.

– Trop de coïncidences, réfléchit Arran. Notre visite, ce meurtre...

– Je ne sais pas pour toi, le jeune, mais je crois qu'on ferait mieux de filer.

• • •

Les hommes dévalent l'escalier aux marches traîtresses sans se soucier de discrétion.

Ils atteignent la porte de service sans opposition. Ils émergent dans l'arrière-cour plongée dans l'ombre. L'arc-capitaine s'arrête devant le jeune homme.

L'unique lampadaire semble être tombé en panne. Retenant sa respiration, Arran Noor passe en mode *écoute,* ouvrant ses perceptions comme une fleur écarte ses pétales pour capter la lumière du soleil.

Consulte tes sens, ils te trompent moins que tes pensées, disait maître Quinte.

Ignorant les bruits de fond du quartier, il perçoit l'absence du vagabond couché sous les plastiques, le crissement du verre cassé sous un pied. Ses narines détectent sur leur gauche une faible odeur de cuivre brûlé. Il en déduit qu'au moins un assaillant les attend à environ trente pas dans cette direction. Quant à l'odeur, elle signale l'activation d'une chambre de combustion de fusil à dards. Une seule décharge de cette saleté peut le transformer en pelote d'aiguilles.

Le seul abri possible se trouve à cinq pas derrière un bloc de béton.

Le jeune menvatt gonfle ses poumons pour avertir son compagnon du danger. Avant qu'il n'émette un son, une vigoureuse poussée entre ses omoplates le projette entre le mur et ledit bloc de béton.

Un corps massif l'écrase, juste au moment où une nuée d'aiguilles se fichent sur le bloc avec un crépitement sec.

– Les salopards nous attendaient, chuchote l'arc-capitaine.

Le jeune clown vengeur note alors les lunettes infrarouges avec amplificateurs enfilées par son compagnon. Ses coudes et genoux râpés, le jeune homme se concentre à nouveau pour repérer leurs assaillants.

Une nouvelle salve, de laser cette fois, crible le bloc qui les abrite. Le béton surchauffé ne les protégera pas longtemps. L'Arcuride se redresse et tire dans un seul mouvement. Son pistolet ne fait pas le poids contre les armes lourdes des assaillants, mais sa riposte les tient en respect. Il se baisse vite près d'Arran.

– Ils sont trois, je crois, souffle-t-il.

Coincé sous son identité civile, le menvatt ne peut déployer ses capacités de combat. Sa canne à pommeau de bronze lui manque, vraiment.

Son ouïe sensible perçoit le glissement d'une fenêtre qui s'ouvre doucement au-dessus d'eux. Il y a un complice dans l'hôtel, sans doute l'assassin de Bancroft. L'égorgeur ne peut pas les « arroser » directement sous lui, mais couvrant le reste du terrain, il interdit toute fuite.

— Capitaine, chuchote-t-il, j'ai entendu une fenê…

Il n'a pas le temps de terminer sa réplique. Dans un réflexe remarquable, l'arc-capitaine roule au sol, du côté du bloc qui n'est pas hérissé d'aiguilles, tend son bras et tire vers le haut presque sans regarder.

Un cri étouffé, suivi d'un gargouillis liquide résonne au-dessus d'eux. Un lance-dards rebondit au sol. Un instant plus tard, un corps s'abat sur le bloc du côté aiguilles, le ventre ouvert comme un fruit trop mûr libérant un lacis luisant d'intestins gris.

L'estomac d'Arran fait un saut de carpe.

Callander saisit l'arme et l'occasion.

— Fonce toute droit ! ordonne-t-il, avec une autre poussée qui ne laisse pas place à la réplique.

Arran court à demi penché, évitant par réflexe les ordures qui pourraient le faire trébucher. L'arc-capitaine le dépasse, pistolet et lance-dards en mains, tirant dans le tas.

— J'en ai eu un autre, souffle-t-il.

Un dernier assaillant détale vers la lumière de l'artère.

Le menvatt bien entraîné aurait été capable de rattraper et de zigouiller le fuyard bien avant qu'il n'atteigne la relative sécurité d'un lieu éclairé. Mais le gentil préposé aux bénéficiaires ne peut que le regarder filer à toutes jambes.

Callander jette le lance-dards.

— Bon, tirons-nous d'ici, dit-il.

Étant donné la nature discrète de sa démarche, Callander avait laissé ses localisateurs et telcoms dans son biotope. Un taxi serait le bienvenu… Les lampadaires éclairent leur course en quête d'un transport.

Un grondement de turbomoteurs monte dans le dos d'Arran. Alerté, il aperçoit par-dessus son épaule les phares d'un véhicule qui leur fonce dessus.

Il repousse l'arc-capitaine d'un coup d'épaule. Le bolide, alourdi par son blindage, les dépasse dans un grondement rageur. Arran a le temps de reconnaître la limousine stationnée devant l'hôtel, les vitres miroirs cachant leur occupant.

– Bravo, le jeune! On a failli être fauchés comme du blé mûr.

Après une prudente progression vers une rue plus animée, l'arc-capitaine signale un trois-roues gros comme une brouette qui freine en grinçant. Tant bien que mal, les deux hommes se tassent sur le banc arrière, un exploit qui aurait été impossible si l'Arcuride avait porté son armure.

Thorold Callander frotte sa joue, faisant réapparaître le tatouage qui l'identifie comme un descendant d'Arcure. Subitement devenu fringant à l'idée de toucher un triple tarif, le chauffeur démarre sur les chapeaux de roues.

Arran garde l'œil sur l'arrière, s'attendant à tout moment à voir surgir une limousine blindée.

– Qui était-ce? demande-t-il.

L'arc-capitaine regarde devant lui, le regard fixe, avant de livrer une réponse parfaitement vague.

– Des gens qui ne veulent pas qu'on démêle cette affaire.

– Vous croyez qu'ils savaient que nous...

– Chut. Pas un mot ici.

L'arc-capitaine s'enferme dans le silence pour le reste du trajet.

Après avoir été déposé devant son domicile, Arran regarde le taxi disparaître dans l'air humide. La chute du tueur défenestré a taché sa combinaison, mais le sang ne se voit pas trop sur le tissu foncé. Il se demande qui a bien pu entendre leur conversation à l'usine. Ou si le malheureux Bancroft a été complice malgré lui de l'attaque qu'ils viennent de subir.

Un complice jetable *avant* usage…

• • •

De retour chez lui, le jeune homme prend le temps de se changer. Ensuite, il emporte ses lunettes d'interface et ses écouteurs pour une promenade. Échaudé par l'expérience, il glisse sa canne dans l'étui collé à son dos.

Le plus long est de trouver un endroit discret pour transmettre son rapport au Cercle. De nuit, des patrouilles de légiokhans surveillent les lieux publics, mais il n'ose attendre le matin.

Si des tueurs ont été lancés à ses trousses et si, comme il le soupçonne, un autre menvatt est impliqué dans cette affaire, il a besoin de le savoir.

De préférence avant d'être tué.

Une sourde angoisse lui noue l'estomac. *Et si on avait déposé une requête contre moi?* se demande-t-il. Ce ne serait pas la première fois que l'Ordre discipline un récalcitrant.

Enfin, une silhouette s'éclaire devant lui. Maître Troy, grattant sa courte barbe.

– J'espère que vous ne me tirez pas du lit pour rien, grogne-t-il.

– J'aimerais savoir si le Cercle a reçu une requête contre un certain Dover Bancroft, mécanicien travaillant chez Velocel.

Une pause, le temps que le maître menvatt consulte ses archives.

– Non, aucune requête pour ce nom n'a été enregistrée par le comité de filtrage, répond Troy. Pourquoi vous intéressez-vous à ce type ?

– Pour mon enquête sur les S.P.E.E.K. défectueux.

Le novice explique en quelques mots ce qu'il a vu à l'hôtel, en se gardant bien de mentionner son rôle d'adjoint à un Arcuride. Dans son rapport écrit, il mentionnera un inspecteur anonyme.

– Hum ! Et la victime était sur le dos ? demande maître Troy.

– Oui, il...

Arran se tape le front. Il vient de réaliser le détail qui clochait dans la mort du mécanicien.

– Je suis persuadé que c'est l'œuvre d'un imitateur, dit-il.

– Vraiment ?

– Un Odi-menvatt aurait pris le temps d'immobiliser sa victime, puis de jouer l'enregistrement de la requête *avant* de l'exécuter. Il n'aurait pas assassiné une cible sans l'avertir. Or, le type avait une expression de surprise figée sur le visage.

Une onde de déplaisir froisse le visage d'ours de Troy.

– Je vois, dit-il. Un autre imitateur qui va donner mauvaise presse à notre Ordre. La victime a-t-elle souffert ?

— Euh, pour cela, non. Le tueur a manié sa lame avec une dextérité digne d'un des nôtres. La blessure était très nette.

— Hu-hum. Et quand vous êtes ressorti, des inconnus vous ont attaqué ? Croyez-vous qu'on vous visait, vous, *Arran Noor* ?

Le ton du maître alerte le jeune menvatt. Il répond avec prudence : un clown vengeur ne laisse personne en dehors de l'Ordre connaître son identité civile.

— L'attaque ne me visait pas personnellement, répond-il. L'inspecteur que j'accompagnais a visité une usine qui aurait produit des pièces défectueuses. C'est lui qu'on a voulu éliminer.

Troy soulève un sourcil.

— Votre enquête progresserait donc ? demande-t-il.

— Oui ! Bancroft savait quelque chose. Je suis certain que le meurtre et l'attaque ont un rapport avec les accidents de S.P.E.E.K.

— N'auriez-vous pas l'imagination un peu trop fertile ? Le ministère des Transports affirme que ces accidents ne sont pas reliés entre eux.

Les nerfs à fleur de peau, Arran s'échauffe.

— Mon imagination ? Des transporteurs publics ont été aussi touchés. Mon neveu est mort et ma sœur, gravement blessée ! Je veux tirer cette affaire au clair pour faire payer les responsables.

— Il est de mon devoir de vous mettre en garde, Arran Noor. Un Odi-menvatt ne place pas son désir de vengeance personnelle au-dessus de ses devoirs.

Le ton sévère du maître rappelle à l'ordre le disciple d'Odi. Arran avale une gorgée de salive et d'orgueil.

– Je… je vous demande pardon de m'être emporté, Maître.

Une forte envie de demander « Y a-t-il une requête contre moi ? » le tenaille. Il se retient. Ç'aurait été inutile, et un autre signe de faiblesse. Il en a déjà assez donné.

Il est deux heures du matin quand Arran réintègre son logis. Terrassé par la fatigue après ces événements, il s'abat sur son lit. Le matelas se moule à son corps encore habillé.

14

Cendres amères

Au réveil, Arran serait tenté de croire que les événements de la veille ont été un cauchemar, sans les déchirures aux genoux de ses pantalons. Au moins, il peut souffler : il a deux jours de congé d'affilée, le fruit des remplacements qu'il a effectués.

Son choix de vie implique une gestion créative de son temps de travail. Plusieurs de ses collègues menvatts avaient, dans le passé, choisi de ne pas détenir d'emplois et de se contenter d'un subside venant de l'Ordre. Sauf qu'un jeune homme en parfaite santé et sans emploi attire inévitablement les soupçons des autorités.

En ouvrant un œil embrumé, il sourcille.

Un signal clignote sur le mur juste face à lui. Il tape dessus, faisant apparaître le message. Le collègue qui devait le remplacer a un peu trop fêté la veille. Arran pourrait-il honorer l'hôpital de sa présence, ce matin ?

La demande amicale n'est pas nouvelle. Jusqu'à présent, le jeune préposé les a acceptées.

En grognant, Arran s'étire de tout son long. Ses plaies et coupures se sont bien cicatrisées. Il se fabrique un mix super-énergie avec les ressources de sa cuisine, puis enfile son uniforme de préposé.

• • •

Sa matinée à l'hôpital se déroule sans anicroche, mise à part une main artificielle qui, à la suite d'un court-circuit, a rampé hors de portée de sa propriétaire. En revissant la prothèse au bras de la patiente, le préposé réfléchit aux événements de la veille.

Son enquête avance. Il connaît le lieu de provenance des pièces défectueuses ; Thorold Callander arrivera bien à prouver que les inspecteurs qui visitaient cette usine falsifiaient leurs rapports.

Cette usine… et combien d'autres ? se demande-t-il, perplexe. Il aimerait savoir ce que préparent les meschikhâs concernant le trafic de technologies. Mais il ne peut abuser des communications. Si maître Troy préfère le laisser dans le noir, le menvatt à pommeau de bronze n'a rien à dire.

• • •

En sortant de l'hôpital, le jeune homme enfourche la Black River. Son engin bourdonne comme une grosse abeille, grâce aux soins de son amie.

Il aime sentir la friction du vent contre son corps, l'air frais qui fuit derrière lui, emportant ses soucis… Comme il a encore du temps devant lui, il emprunte une route qui sort de la cité et traverse l'arrière-pays.

Il ne se rend pas compte qu'instinctivement, il roule vers le Grand Lac d'Arcure.

La route longe le parc au bas du barrage, une horreur reconstituée d'arbres-poubelles et de buissons génétiquement modifiés qui brillent la nuit. Quelques familles y font un modeste pique-nique. Des enfants trop jeunes pour être envoyés à l'école se lancent un ballon-crieur près du canal où grondent les eaux déversées du trop-plein. De hautes barrières en interdisent l'accès aux promeneurs.

Puis la route monte en lacets, jusqu'à un plateau dominant le lac, sur l'épaule de la montagne.

À l'horizon, du côté ouest, une couche de smog baigne la ville dans un nuage rose et toxique, à travers laquelle se découpent des tours de bureaux, les arêtes des toits surélevés des manufactures et les colonnes des potagers à étages. Ce violent contraste entre la nature sous ses pieds et l'entassement de la ville le pousse vers le lac.

La surface du Grand Lac d'Arcure brille sous les rayons du midi. Un goéland au plumage éclatant survole le barrage.

Arran laisse son bolide sur la plage et longe la berge, le sol spongieux s'enfonçant sous ses pas. Il sait que les plages de sable n'ont pas eu le temps de se reconstituer après la montée des eaux derrière le barrage. Alors, une bande d'herbes hâtivement plantées ceinture le lac. Le jeune promeneur enjambe des troncs d'arbres noyés remontés en surface et venus se déposer sur le rivage. Dépouillés de leur écorce, ils évoquent des os blanchis.

L'érection du barrage, en fermant le goulot, a forcé les eaux à monter, inondant les trois quarts de la forêt.

Une masse d'eau décuplée presse maintenant contre le mur incliné. Une vanne centrale évacue le trop-plein, qui jaillit en une courbe gracieuse. La trombe d'eau se déforme et retombe avec fracas dans le canal ouvert qui longe les installations de métallurgie affamées d'énergie. Aucun fil disgracieux ne dépare les installations, les lignes à haute tension étant enfouies.

Ces temps-ci, Arran pense souvent à son père.

Il revoit Rowan Noor en train d'étudier des colonnes de chiffres, sa mère penchée par-dessus son épaule. Un feu sacré animait son père lorsqu'il dénonçait les iniquités qui privaient les citoyens de recours légaux. Il déplorait entre autres les expropriations massives dans la vallée de la rivière Arcure.

– Le seul espace de liberté qui reste aux citoyens brimés est un contact avec la nature. Un homme peut supporter bien des frustrations, s'il lui reste au moins un endroit où il peut respirer de l'air pur et voir autre chose que les arbres-poubelles, disait-il.

Sarnia s'était croisé les bras, faisant la moue sous son casque de courts cheveux noirs.

– Des filles peuvent aussi vouloir jouer dans les arbres, dit-elle.

– Tu grimpes comme un singe, ma grande. Mais restera-t-il encore des arbres pour toi plus tard ?

– Tes paroles versent dangereusement vers la rébellion, faisait remarquer Tara.

– Les très riches ont leurs domaines et leurs jardins. Mais pour les gens entassés dans ces ruches, entre les cultures robotisées et les exploitations, il reste peu d'espaces naturels à proximité de Montag. Il faut remonter la pente et éduquer les gens, où qu'ils soient.

– Quand les vagues se gonflent, les mots ne pèsent pas lourd.

Descendante d'une lignée de pêcheurs, Tara Noor en avait gardé les expressions.

• • •

La nostalgie le reprend en pensant à sa mère. Si elle avait renoncé à connaître la vérité, Tara Noor aurait peut-être survécu. Arran s'imagine empruntant un sentier de vie différent. Sarnia et lui n'auraient pas été à l'orphelinat. Peut-être même n'aurait-il jamais été motivé à devenir un Odi-menvatt.

En présence de cette nature, sa double vie lui pèse soudainement… Mais il sait comment guérir son vague à l'âme. Aspirant un grand bol d'air frais, il décide d'aller surprendre Zorra au garage.

Arran parcourt vingt-six kilomètres d'autoroute sous les tubes piétonniers. Il ralentit au rythme des artères qui rétrécissent. Il tricote entre des camions, des glisseurs, évitant de rouler sous les spino-moteurs crachotants. De part et d'autre, il ne peut s'empêcher de noter de nombreuses patrouilles de légiokhans.

Des écrans géants sur des tours de bureaux montrent ce qui reste d'un laboratoire de recherche « secret ». On soupçonne une action des clowns vengeurs.

Les meschikhâs sont à l'œuvre pour remonter la piste de la fuite de technologies, se dit-il en contournant un camion sur lequel est inscrit « MARFs en stock ».

Il ralentit en vue de la fontaine publique. De nombreuses personnes remplissent le petit parc qu'il connaît bien. Si c'est une manifestation hostile au G.L., elle est bien silencieuse. Au milieu des gens qui murmurent entre eux, Arran verrouille les roues de son engin.

Il cherche des yeux la devanture du Louis & Mario. La foule obstrue sa vision. Même en se dressant au bout des pieds, il ne la trouve pas. Un malaise naît en lui. Un mauvais pressentiment lui noue l'estomac alors qu'il se fraie un chemin dans une foule de plus en plus dense.

Puis il n'y a plus personne devant lui.

Le garage n'est plus qu'un amoncellement de ruines noircies, défendu par un cordon jaune et deux légiokhans. Des pompiers fouillent les décombres, leurs petits drones se faufilant dans les interstices.

Zorra!

Une violente émotion s'empare de lui. Gardant son visage stoïque, il aborde un curieux.

– Qu'est-ce qui est arrivé? demande-t-il d'une voix blanche.

– Le Louis & Mario a brûlé.

– Quand?

– La nuit dernière, vers deux heures du matin.

Tout à ses découvertes, Arran n'avait pas surveillé les canaux de nouvelles.

La section arrière de l'atelier, avec le congélateur et la table, disparaît sous une pile de débris. Arran reconnaît une carcasse de turbomoteur en réparation, des disques de piles thermo, des bonbonnes éclatées, le cylindre noirci d'une pile supraconductrice…

– Hé, toi, dégage ! gronde un pompier qui vient de ramasser son drone.

– Est-ce que qu'il y avait des gens au moment de…

Sa gorge se ferme. Le pompier hoche la tête.

– Il pourrait y avoir une bonne femme. Ses potes lui ont dit au revoir vers six heures hier soir. On n'a pas fini de dégager les débris, mais faut pas te faire d'illusions. La température du brasier a fait fondre les structures. Nous risquons de ne pas retrouver grand-chose.

Arran reste longtemps assis sur le siège de sa moto, à regarder le tracteur qui repousse les gravats. Il imagine Zorra dessous.

Sa vision devient floue.

Son amie a dû éveiller des soupçons avec ses démarches. Ou bien, les mystérieux assassins qui les attendaient à l'hôtel après leur inspection mouvementée ont reçu l'ordre de la faire disparaître, elle aussi. Arran est parti pour le rendez-vous à l'hôtel sans rien lui dire. Bien sûr, le jeune homme avait une excellente raison : il ne voulait pas l'inquiéter.

Arran baisse la tête et murmure une prière, laissant des larmes moucheter le cadran de vitesse.

« Puissant Odi,
étends Ton manteau
sur cette femme… »

• • •

La mort dans l'âme, Arran compose le code de l'arc-capitaine. Sans succès. Alors, il se résigne à visiter la fosse Arcuride.

« Fosse » est un terme inexact. Bien que situé sous le niveau du sol, l'habitat abrite des biotopes beaucoup plus luxueux qu'un logis de simple préposé. Arran verrouille sa moto dans un stationnement de visiteurs. Une grappe de caméras accrochées à un poteau épie ses moindres gestes.

Les Arcurides ne lésinent pas sur la sécurité. Le jeune homme traverse une bande de terrain plat, sans la moindre végétation. La surface du sol vitrifié brille sous ses pieds. Arran devine que cette géoprotection forme une coque sous la fosse. Impossible de creuser un tunnel pour s'y infiltrer. Quant à la fosse elle-même, elle est invisible derrière le mur chatoyant d'un champ annihilateur.

Un édifice court et cylindrique perce ce mur. Pour y entrer, Arran doit passer sous une arche truffée de détecteurs. Des points rouges de viseur laser balaient son uniforme d'hôpital. Si l'arche l'identifie comme un menvatt, il sera désintégré.

Le portail ne détecte rien d'inquiétant sur lui. Le jeune homme se force à respirer doucement pour apaiser son rythme cardiaque. Se trouver sans armes si près d'une fosse pleine à craquer d'Arcurides a fait grimper son taux d'adrénaline.

Deux ascenseurs descendent dans la fosse proprement dite. Devant ceux-ci, un garde discute avec un lieutenant, l'armure vivement colorée de ce dernier indiquant qu'il se prépare pour une fonction sociale.

S'efforçant de faire taire la panique qui s'élève en lui, le menvatt marche vers les ennemis jurés de son Ordre.

Il rencontre un autre mur, invisible celui-là. Par chance, ce n'est pas un obstacle solide : le visiteur a plutôt l'impression de rentrer dans un matelas moelleux qui le repousse avec une force égale.

— Ha ! Un autre qui teste l'écran cinétique, dit une voix moqueuse.

Le visage lisse sous la visière suggère que le garde en poste a tout juste l'âge de se raser. *Et tout juste l'âge de se faire tuer,* songe l'Odi-menvatt en s'inclinant légèrement.

— Que le jour te soit faste, descendant d'Arcure !

Il faut toujours s'exprimer poliment envers un Arcuride, quel que soit son grade. Ça évite les frictions.

— Qu'est-ce que ce tu veux ? demande le jeune fantassin.

— Je cherche l'arc-capitaine.

— Y en a plus d'un, des arc-capitaines, rétorque le jeune avec une moue.

— Euh, pardon ! Il s'appelle Callander.

Le garde consulte un écran à son poignet.

— Niveau dix-sept. Ah, tiens ! Il est absent.

— Il doit bien être quelque part, insiste Arran.

Le garde se tourne vers le lieutenant.

— Ce plouc du Sud veut frayer avec Callander.

Le lieutenant le regarde, sa visière rabaissée sur ses yeux reflétant le visage au teint mat d'Arran.

— Vraiment ? Au fait, comment tu le connais, l'arc-capitaine Callander ?

Le visiteur avait prévu cette question.

– L'autre jour, il surveillait l'hôpital où était soignée ma sœur. Il a été chic. Je voulais le remercier…

Il laisse sa voix mourir, comme un type gêné. Le lieutenant écarte les bras.

– Eh bien, si tu veux savoir, tout le monde le cherche depuis hier soir, le vieux Thorold. Il n'est pas revenu à la fosse.

– Je gage qu'un bariolé lui a fait la peau, ajoute le plus jeune.

Puis un sourire se dessine sous sa visière.

– Avec un peu de chance, y a un poste d'arc-capitaine qui va se libérer…

Le jeune menvatt réitère une salutation polie, puis reprend sa route.

La voie rapide se déroule devant lui. Il aspire à grandes bouffées l'air qui fouette son visage. Ses mains étreignent les commandes de sa moto.

Personne ne pleure un Arcuride vieillissant.

• • •

En prenant mille précautions, le jeune homme réintègre son logis. Les seules traces de pas enregistrées par son tapis de porte sont celles des escarpins de la voisine. Le cerveau-logis confirme que personne n'a tenté de s'introduire dans le biotope pendant son absence. Il est à peine rassuré.

Dès son entrée, les murs du biotope s'animent, avec la fausse jungle qui reproduit un coucher de soleil, en temps réel. Un motif qu'il n'a pas changé depuis la dernière visite de son neveu. Russel aimait tellement cette jungle…

Ses yeux piquent. Arran démarre machinalement la cafetière. Puis il se laisse tomber sur le divan. Il prend une profonde respiration pour évacuer la tension nerveuse amassée au cours de sa brève visite à la fosse. Il ferme les yeux pour mieux classer ses besoins.

Il a faim, il a soif, il est fatigué.

Par-dessus tout, il ressent un pressant besoin de parler à quelqu'un, en dehors de l'Ordre. Il redresse le siège et tape du plat de la main sur le mur. Il envoie, par le cerveau-logis, une demande vers l'hôpital du centre-ville.

– Je veux parler à Sarnia Noor, demande-t-il. Chambre 523.

Un délai, infime, s'écoule, puis une voix synthétique au registre grave lui répond.

– Elle n'est plus soignée ici.

Arran sursaute.

– Que dites-vous ? Elle est sortie ?

– Transférée dans un autre établissement.

– Lequel ?

Un autre délai accroît son mauvais pressentiment.

– Je ne possède pas cette information en banque.

– Passez-moi l'administration. Je veux consulter son dossier. Je suis son frère.

Après trois minutes d'un match verbal avec cette intelligence artificielle, Arran apprend que le dossier de sa sœur a été clos dans la matinée.

Lorsqu'il contacte la famille du défunt époux de Sarnia, il perçoit dans leur voix leur inquiétude, mêlée à leur peine.

Personne ne semble au courant de l'endroit où elle se trouverait. Sa grande sœur a disparu de la surface de la planète.

Arran a l'impression qu'un gouffre s'ouvre sous lui. Dans la cuisine, la cafetière siffle doucement.

Le préposé a donné assez de bains aux grands brûlés pour savoir que les greffes de peau prennent un temps fou à cicatriser. Sa sœur n'a pas pu sortir par elle-même avec des brûlures aussi graves.

Il tombe à genoux au milieu de son biotope.

Sarnia. Russel. Zorra. Thor…

Un frisson parcourt Arran alors qu'il envisage une nouvelle possibilité, un frisson semblable à celui qu'il avait éprouvé à l'annonce de la mort de son père.

Thorold a eu vent de sa duplicité.

Après avoir découvert qu'il s'était acoquiné avec un Odi-menvatt, l'arc-capitaine s'est vengé sur Zorra… Pire : il a pu croire Arran complice de ceux qui lui ont tendu ce piège derrière l'hôtel, contre rétribution financière.

Arran Noor respire par à-coups, comme un jeune oiseau brusquement délogé de la branche sur laquelle il se perchait.

Le clown vengeur a fait confiance à un Arcuride : maintenant, il en paie le prix.

• • •

Il n'a pas le temps de s'apitoyer davantage.

Dans la cuisine, le ronronnement de sa cafetière en marche s'est mué en un sifflement inhabituel. Il se lève, les nerfs à fleur de peau.

Un bon café lui fera du bien.

À travers l'arche qui sépare sa cuisine du salon, il voit le cylindre transparent de la cafetière qui broie les grains de café qu'il avait déposés le matin même. Derrière l'appareil, la rangée familière de pots de fines herbes et d'épices apaise sa nervosité.

Il fait un pas vers la cuisine.

Quelque chose craque sous son pied. Son odorat capte une odeur veloutée. Un grain de café qui traîne ? Arran Noor est d'une propreté maladive.

Une idée, irrationnelle, se fixe dans sa tête alors qu'il regarde les capsules brunes s'agiter dans la cafetière.

Quelqu'un est passé ici.

Impossible, proteste une autre partie de lui.

Le bruit augmente. Les lamelles du broyeur tentent de déchiqueter les grains qui dansent à l'intérieur, en vain. L'appareil insiste, augmentant la vitesse de rotation des lamelles, augmentant la chaleur ambiante…

Une fois écarté le possible, il reste l'impossible, récite une troisième voix dans sa tête.

– Alerte ! clame-t-il. Alerte !

Mais le cerveau-logis ne répond plus.

• • •

Ferris Quinte avait un bon mot pour les dangers inattendus : *n'attendez pas de comprendre avant de filer !*

Devant une mort imminente, Arran saute vers sa lampe en pied.

En sept longues secondes, il a :

Extrait sa canne.

Bondi vers sa chambre.

Ouvert le tiroir à double fond.

Attrapé le sac à dos avec son matériel.

Foncé vers sa porte de logis.

Qui reste fermée comme dans un mauvais suspense 3D.

Cette fois, Arran aurait *vraiment* aimé avoir le passe-muraille… Faute de mieux, il actionne le laser de sa canne, puissance maximum, pour faire fondre la serrure.

Deux autres longues secondes s'écoulent ; dans la cuisine, le vrombissement de la cafetière augmente.

La serrure cède enfin, les nombreux circuits d'analyse, programmes de verrouillage et alarmes ayant fondu.

Un franc coup de talon a raison de la porte. Arran, les mains pleines, jaillit dans le couloir…

FOOOOOM !

Un souffle brûlant le jette par terre. Il se retourne, pour voir des flammes rouges sortir de son biotope et lécher la porte d'en face.

Aussitôt, les gicleurs du couloir se mettent en marche. Le cerveau-logis de l'immeuble, lequel n'a pas été saboté, crache un avertissement.

– Incendie localisé au 23e étage. Tous les résidents sont priés de sortir. Prière de rester calme et de suivre les consignes d'évacuation…

Une porte s'ouvre. La voisine sulfureuse regarde les flammes que la porte du logis continue de cracher. Puis elle note la présence d'Arran, ses cheveux plaqués sur le crâne par la pluie des gicleurs.

– Monsieur Noor ! Ça va ?

– Euh…, fait le jeune homme un peu sonné.

– Est-ce que j'ai le temps de prendre Albert ?

Il appelle son sourire vide à la rescousse.

– Albert ?

Mais elle retourne à l'intérieur, sa robe de chambre se soulevant juste un peu trop. Arran se relève. Il a une pensée émue pour ses plantes vertes avant de pousser la porte de l'escalier de secours.

– Attendez-nous !

La voisine plantureuse galope, ses bras encerclant un bocal. D'autres voisins de palier se pressent à leur suite. Arran dévale les marches avant que les escaliers ne deviennent trop encombrés. Une bonne partie des locataires du 23e le suivent, puis ceux du 22e…

– Encore des enfants qui jouent avec des allumettes, râle un vieillard.

La foule se densifie avec la descente. Impossible de se faufiler dans cette cohue. Le jeune homme tient le sac à dos contre lui, couvrant sa canne. Le pommeau dépasse, mais il n'a pas le temps de finasser. Ses yeux croisent le regard morne d'un poisson rouge. Le bocal tressaute contre la poitrine de sa voisine.

– Il faudrait faire cela plus souvent, susurre la jeune femme, ses cils battant l'air. Vous savez, on devrait se parler…

Arran fait une prière muette au Grand Odi pour lui donner la patience nécessaire.

Au rez-de-chaussée, la foule s'évase sur le parterre. Le jeune homme peut enfin se faufiler loin de sa voisine.

Précaution inutile : celle-ci est en train de montrer son bocal à un voisin aux épaules surdimensionnées, visiblement un habitué des gymnases.

Des drones anti-incendie tournoient au-dessus des têtes, leurs boyaux balayant la façade. Ils vaporisent une mousse qui étouffera les flammes. Le feu achève de consumer son appartement, mais ceux des voisins seront sans doute épargnés.

Perdu dans la foule des sinistrés, il peut maintenant comprendre.

Quelqu'un a réussi à duper son cerveau-logis. Encore.

Le piège s'est amorcé quand il a activé la cafetière, ce matin. Des grains de café remplacés par des grains d'un combustible qui explose lors de l'atteinte d'une certaine température.

Par chance, les drones et les pompiers subjuguent l'incendie avant qu'il ait pu ravager d'autres étages. Arran profite de la confusion pour descendre au sous-sol et récupérer sa moto.

Il s'éloigne, guidant à pied la Blind River entre les gens.

Cette tentative d'assassinat renforce sa détermination. Il sait où se déroulera le prochain acte.

15

Le barrage

Le Grand Lac d'Arcure miroite sous la lune.

Debout sur une plateforme d'observation qui domine le barrage, Arran se recueille, tenant entre ses mains un chapeau à large bord. S'il plongeait sous les eaux noires, il pourrait toucher les cimes des arbres noyés, cette forêt que son père aimait tant…

Le fantôme de Rowan Noor hante ces lieux.

Plutôt que de réquisitionner un S.P.E.E.K. au Cercle, car il est encore en probation, le jeune homme a enfourché sa moto et roulé vers une des plages publiques du lac. Puis, laissant son véhicule sous un filet de camouflage, il s'est engagé sur l'escalier balisé de pancartes qui monte vers le belvédère. Des centaines de marches qui demandent une très bonne constitution.

À cette heure, il n'y avait personne pour le remarquer, habillé de pied en cap dans sa tenue de menvatt.

Le maquillage a masqué son teint mat et son nez distinct est caché sous une boule noire. Quant à ses cheveux, ils disparaissent sous le chapeau. La bande élastique du contour se resserre légèrement pour éviter que la brise ne le décoiffe.

Le jeune homme essaie de superposer mentalement le paysage qu'il a connu. Son père l'avait emmené grimper sur la pente, jusqu'à la limite des arbres. Alors, la rivière d'Arcure avait l'air d'un serpent miroitant enserré par les pentes boisées. Un rapprochement des parois formait un goulot naturel par lequel les eaux s'écoulaient en une joyeuse cascade.

Un lourd barrage canalise désormais cet écoulement. Au-delà du parc industriel, le quartier Latchford dessine une mosaïque de jardins murés qui deviennent indistincts avec la distance.

Arran repère l'usine Velocel à sa tourelle de surveillance. La lumière des puissants projecteurs se réverbère sous le voile translucide orange de la barrière magnétique. Celle-ci bousillerait tout circuit ou cerveau qui le traverserait. À cause de cette barrière, le jeune menvatt a éliminé d'office l'option du parachutage.

À regret, il quitte sa contemplation pour entreprendre la portion plus active de sa mission. D'abord, il redescend les marches de plastique du belvédère. Sous la première marche, à demi cachée par les papillotes de sandwiches et de bouteilles qui achèvent de s'auto-désagréger, il trouve le paquet ficelé, d'où dépasse une poignée de guidon…

Arran dégage le dématérialiseur.

Après le « problème » survenu à son logis, il a contacté le Cercle. Il a eu fort à faire pour convaincre Mulmur Troy de lui confier le prototype. Il a dû assurer le maître menvatt qu'il touchait à la fin de son enquête et expliquer en quoi l'appareil simplifierait sa tâche. Troy, après avoir consulté maître Quinte, a obtempéré à contrecœur.

Un meschikhâs a discrètement déposé l'appareil sous le belvédère au début de la nuit. Arran le place dans son sac à dos. Il l'endosse, puis roule des épaules pour vérifier que les bandes n'entravent pas ses bras. À cause du fourreau dorsal, un clown vengeur porte rarement un sac par-dessus son manteau. Toutefois, les poches ne peuvent contenir le guidon du passe-muraille. Pour libérer ses mains, Arran est obligé de fixer sa canne au sac à dos, resserrant un arceau sous le pommeau.

Un autre escalier descend du belvédère vers le sommet du barrage, un lieu de promenade prisé des touristes qui n'ont pas peur des hauteurs. Mais l'Odi-menvatt délaisse ce chemin. Sautant la rambarde, il s'engage sur un sentier sinueux qui descend à l'ouest du barrage. La pente est très forte : les racines entremêlées des chênes épargnés par l'inondation forment des marches rudimentaires. Après avoir trébuché deux fois sur lesdites racines, Arran dégonfle le bout de ses bottillons clownesques.

L'air humide et frais de la forêt lui rappelle une de ses rares promenades nocturnes avec son père.

• • •

En ce temps-là, l'enfant qu'il était craignait la nuit. Même si Rowan Noor le tenait par la main, Arran se pressait contre lui pour que les feuilles des arbustes couvertes de rosée ne le touchent pas. Malgré la lampe frontale portée par son père, les espaces entre les troncs éclairés lui semblaient peuplés de monstres prêts à se saisir de lui.

— Mon gars, il n'y a aucun animal assez gros dans la forêt pour nous menacer.

— J'ai peur du noir, avait-il murmuré, buté.

— Vraiment ? Eh bien, dis-toi que les bêtes ont plus peur *de toi.*

Puis Rowan avait éteint la lampe. L'obscurité les avait engloutis, père et fils.

Le gamin avait senti son cœur battre très fort, mais les mains de son père sur ses épaules l'avaient rassuré. Personne ne lui ferait de mal. Puis, à mesure que ses yeux s'accoutumaient à l'obscurité, les espaces sombres entre les troncs s'étaient peuplés de frondes de fougères et de ramilles aux contours argentés. Dans un curieux retournement de perception, les fûts des arbres, eux, étaient devenus des silhouettes obscures.

— Il y a de la lumière partout, si tu sais comment regarder. La lune et les étoiles nous éclairent.

Levant les yeux, le petit garçon avait découvert des étoiles entre les feuilles noires, si noires que même le ciel paraissait plus pâle.

Et la peur l'avait quitté, sans qu'il sache pourquoi.

Arran évite une autre racine, glissante. Ironique que l'enfant qui craignait tant l'obscurité soit devenu, aujourd'hui, un prédateur nocturne.

• • •

Tous ses sens à l'affût, l'Odi-menvatt garde en mémoire les avertissements de ses instructeurs : *à chaque pas peut surgir votre mort.*

Il descend sous le niveau du Lac d'Arcure sans anicroche. Entre les arbres, il aperçoit la face inclinée du barrage qui retient le lac. Son ouïe détecte le rugissement assourdi de l'eau qui s'engouffre dans les turbines. Au milieu du béton lisse, le déversoir de trop-plein a l'air d'une bouche qui envoie un long crachat écumeux.

Au bas du barrage, la chute impétueuse du trop-plein se mêle aux eaux fatiguées relâchées par les turbines, produisant une mousse épaisse.

Une barrière de deux mètres défend les bords du canal, car ses remous promettent la noyade aux imprudents. S'aidant de sa canne comme un perchiste, Arran bondit par-dessus.

Le voilà devant les eaux turbulentes du canal, au-dessus desquelles s'élève le mur qui protège l'usine. Pour éviter de mettre le pied dans la cour intérieure, le menvatt a choisi un point d'entrée par la salle des générateurs de l'usine, tout contre le canal. Ne reste qu'à franchir le canal et l'épais mur.

Les moines techniciens de l'Ordre ont démêlé le mode d'emploi du dématérialiseur. L'Odi-menvatt en a pris connaissance, avec les forces et les limites du système.

Il dégage l'appareil de son sac à dos, puis il ajuste avec soin la roulette de compensation gravitaire avant de se dématérialiser. S'enfoncer dans le sol jusqu'au noyau de la planète ne fait pas partie de ses plans.

Il actionne le compensateur, puis le dématérialiseur. Tout son corps picote. Une rumeur grésille à ses oreilles, comme le grondement d'une ville lointaine ou le murmure d'une foule inquiète. Il regrette que des armes à énergie nuisent au champ : il n'a emporté que ses ligoteurs et sa canne.

En avant! se dit-il.

À sa grande surprise, il marche sur place sans progresser. Les pointes de ses bottines s'enfoncent dans le béton, ses atomes ne rencontrant aucune résistance. *Misère d'Odi!* Il aurait dû prendre un élan avant d'activer le passe-muraille.

Et en plus… il est incapable de respirer. Les molécules d'oxygène aspirées de l'extérieur se rient de ses poumons dématérialisés.

Le menvatt coupe le contact de l'appareil. Il manque de chuter vers l'avant. Ses semelles se sont liées au béton, enfoncées d'un ou deux millimètres. *Par Odi, je ne vais pas passer la nuit ici!*

Il pourrait enlever ses chaussures et continuer pieds nus, mais il se ravise. *Que ferait maître Quinte?* se demande-t-il. Une idée lui vient.

Arran aspire une bonne goulée d'air et plie les genoux. Il les détend d'un coup sec, s'appuyant contre le sol. Une fraction de seconde avant que ses jambes n'arrivent en pleine extension, il se dématérialise. Ses semelles se dégagent du béton. Il désactive aussitôt l'appareil.

Son poids et sa solidité retrouvés, le jeune vengeur peaufine sa stratégie.

Il recule, remplit ses poumons, puis court vers le canal. Au moment de sauter dans les eaux, il actionne le compensateur de gravité.

Les eaux lui apparaissent comme une surface gondolante. Les bouts de ses chaussures fouettent les embruns. Son inertie le propulse à travers la largeur du canal, jusqu'au mur.

Il presse ses pouces sur les boutons gris du guidon.

Cette fois, son nez de clown ne s'écrase pas contre le béton. Comme un fantôme noir, Arran Noor traverse le mur fortifié de l'usine Velocel.

L'état second dans lequel il se trouve affecte son ouïe : un sourd grésillement agace ses oreilles. Quand il ouvre les yeux, ses rétines lui renvoient une obscurité parcourue d'étincelles.

Arran est conscient que l'appareil a « assoupli » son organisme, les molécules constituantes de son corps traversant les vides entre les atomes du mur, comme des piétons se croisant à une intersection.

Le hic, c'est que cette traversée se fait avec une lenteur inattendue. Des secondes, des minutes, des heures ? Le clown vengeur ne pourrait le dire, car il n'éprouve aucun besoin de reprendre son souffle. Le mode vibratoire a étiré sa perception du temps : il flotte dans des limbes immortels.

Dans l'obscurité, il réfléchit à son objectif : récupérer un morceau d'alliage de qualité médiocre, qui pourra être testé au monastère. Sans Zorra, il n'est pas certain de savoir reconnaître les pièces, mais il se doit de réussir. L'analyse de résistance démontrera hors de tout doute que les inspecteurs de qualité ont été soudoyés.

Dans son esprit, un doute subsiste. Malgré ses notions d'économie, il comprend mal quel avantage le directeur de l'usine peut retirer de laisser produire ces mauvaises pièces.

Enfin, enfin ! Arran distingue le contour de ses mains sur le guidon, les silhouettes d'appareils dans une pièce.

Il éprouve une forte envie de relâcher la pression pour éteindre le passe-muraille. Puis le malheureux encastré dans le mur lui revient en mémoire. Soulagé à la fin d'une traversée pénible, Rodney Woodstock avait lâché l'appareil trop tôt. Le clown vengeur se garde bien de répéter cette tragique erreur.

Il s'impose à nouveau une méditation sur les destins entremêlés dans les mains d'Odi, un exercice de patience au monastère.

D'une torsion des épaules, Arran s'assure que son manteau est bien dégagé. Il reporte son attention sur ses environs. Le plancher de l'usine n'est pas au même niveau que le sol sur lequel il a pris son élan.

Arran Noor flotte comme une bulle, à cinq mètres du plancher. Il dérive doucement entre deux générateurs reliés par une passerelle d'inspection, que son corps intangible va bientôt traverser…

Arran éteint les deux modes, vibratoire et gravitaire.

Braoooooum !

Le clown vengeur chute, assourdi par le grondement de puissantes génératrices. Arran tend un bras pour agripper le garde-fou de la passerelle. Il s'y hisse, retrouvant ses réflexes de gymnaste. Il remet le passe-muraille dans son sac à dos, laissant dépasser une poignée de guidon en cas de besoin.

Par contre, le moment est venu de dégainer sa canne. Le pommeau de bronze renferme des instruments qui l'aideront à surmonter (ou à détruire) les obstacles.

À pas de loup, il suit la passerelle. Celle-ci se termine devant une porte battante. Il la traverse avec les précautions habituelles pour un Odi-menvatt. La maxime *chaque porte close réserve une surprise* habite son esprit.

De l'autre côté, la passerelle donne sur une salle traversée par un convoyeur. Des rotors y sont assemblés par des robots trapus. Le plafond est considérablement plus élevé que celui de la chambre des génératrices. Arran n'a pas visité cette section auparavant ; toutefois, il reconnaît au plafond les rails et les immenses grues roulantes qui transportent les pièces.

En s'avançant en direction du centre de « l'araignée », la passerelle s'élargit. Le menvatt novice débouche sur un centre de contrôle qui domine une section où les robots testent chaque rotor assemblé. Un contremaître est confortablement calé dans un siège de mousse, un panneau de commandes en main. Coiffé d'un casque et de lunettes d'interface, celui-ci consomme des aventures virtuelles. Ses lèvres s'agitent au gré des simulations.

Après avoir évalué les cours d'actions possibles, Arran se glisse sur la plateforme. Même s'il avait été maladroit, les bruits ambiants auraient couvert son approche. Le surveillant ne voit rien venir, jusqu'à ce qu'une main soulève délicatement son casque. Avant qu'il ait pu réagir, un coup net du tranchant de la main l'assomme. L'homme s'effondre sur son siège.

Arran colle ses vêtements au dossier avec une boule de mastic adhérant confectionné par des acolytes du monastère. De la même manière, il fixe les manches aux bras du fauteuil. Pour assurer le silence de la victime, il enfonce dans sa bouche un bâillon qui se gonfle. Enfin, il remet en place le casque d'interface, laissant le surveillant en apparence absorbé dans son univers virtuel.

Le clown vengeur examine les lieux.

Les lourds chariots qui quadrillent le plafond apportent des pales fraîchement moulées, arrivant du centre de l'usine. Chaque mouvement est calculé à la fraction de seconde près. Les robots attrapent les pales, qu'ils soudent aux rotors. Des convoyeurs emportent les pièces terminées vers une section au fond de la salle.

Sautant de la plateforme, Arran s'approche d'un poste d'assemblage.

Les pales encore chaudes défilent sur le convoyeur, passant à travers un portail, juste avant que les robots ne s'en saisissent pour les ajuster à l'intérieur des rotors. Arran touche le pommeau massif de sa canne. Il en dégage une minicaméra qui prendra un cliché aux rayons X de chaque pale. Selon les indications empruntées à Zorra (toujours sous couvert de l'enquête du « copain »), une variation de densité à l'intérieur d'une pièce trahit un défaut.

Le défi est de recueillir un nombre suffisant de clichés pour détecter une pièce défectueuse. En principe, ce serait impossible : le rapport officiel des inspecteurs indiquait une résistance à cent pour cent conforme aux normes. Mais si ce rapport a été trafiqué…

L'intrus prend cliché après cliché, s'ajustant à la vitesse de défilement du convoyeur. Les pales commencent à danser sous ses yeux. Toujours pas d'anicroche. Et s'il s'était trompé ? Alors, il pourrait macérer la nuit entière dans cette usine.

« *Piiiit* ! »

L'appareil l'avertit d'une variation suspecte de densité. *Enfin !* se dit-il.

S'étirant le bras, il attrape la pale de rotor, pas plus longue que son avant-bras. Il bascule l'objet dans son sac à dos, confiant en l'élasticité de celui-ci. Le bout de la pale tape quand même contre sa nuque.

Le clown vengeur s'apprête à repartir quand, au bout de la chaîne de montage où sont dirigés les rotors assemblés, une courbe luisante attire son œil. Il remonte sur la passerelle pour mieux voir. C'est la coque d'un S.P.E.E.K., sur lequel s'activent des robots… et des ouvriers, humains ceux-là.

Le menvatt se coule rapidement derrière une colonne de soutien des rails. Une chose l'intrigue : le prototype, de toute beauté, diffère des modèles qui attendent au-dehors. Le revêtement est blanc comme neige, avec un aspect perlé qui rappelle un camouflage. Ses lignes racées donnent une impression de légèreté.

Si l'Ordre pouvait se procurer de semblables véhicules, Arran serait heureux de former les futurs élèves à l'art du pilotage.

Les bribes d'une conversation animée alertent le jeune homme. Il reporte son regard sur le S.P.E.E.K. au flanc ouvert, mais ce ne sont pas les ouvriers qui ont parlé entre eux. D'ailleurs, au fait, où sont passés ces ouvriers ?

—… n'aime pas ça, dit une voix.

Au-dessus du S.P.E.E.K., Arran remarque une cage vitrée, un poste suspendu au plafond par huit câbles. Il se demande comment l'occupant peut y prendre place, car les rails sont plus hauts, puis il comprend lorsqu'il voit un rectangle sombre. Un micro-ascenseur descend derrière le S.P.E.E.K.

Un zélé y fait sans doute des heures supplémentaires et se dispute avec un confrère.

L'intrus se glisse plus près dans un silence complet, camouflé par les ombres noires et les lumières rouges de l'endroit. Il est forcé de s'arrêter près d'une colonne, car l'espace occupé par le S.P.E.E.K. (magnifique!) est trop éclairé. Arran lève la tête. Il est assez près pour mieux suivre la conversation.

– … pourtant assuré que ces pièces étaient de meilleure qualité que les autres, coupe une voix.

– L'usine tourne à plein rendement, répond l'occupant du bureau. Les pièces défectueuses sont très rares et les remplacer ralentirait la production. De toute façon, ces accidents ont motivé les Arcurides à renouveler leur flotte. Ce sera le plus gros contrat de ma carrière.

Arran reconnaît la voix de Simcoe, celui qui les a accueillis un jour plus tôt. L'autre interlocuteur, par contre, est un parfait inconnu. Sa voix tendue reflète sa mauvaise humeur.

– Tant qu'il ne s'agissait que de dissimuler la présence de pièces de moindre qualité en échange de vos largesses, ça allait. L'obsolescence planifiée ne date pas d'hier. Mais ces accidents nuisent à la réputation de notre ministère.

– Et alors? Je ne vous croyais pas aussi sensible. Personne n'a pu faire un lien.

– Ça viendra. Je n'ai qu'un mot à dire pour rendre publics les derniers rapports d'inspection. Les vrais rapports. Vous serez dégommé, Simcoe!

— Nous sommes deux dans cette affaire, monsieur le Sous-Ministre. Si je tombe, vous tomberez aussi. Tous les généreux versements à votre compte seront rendus publics.

Arran fige sur place : Dudley Wollas, le responsable du contrôle de qualité ! Il se souvient des salles du ministère et des données marquées en rouge.

— Mais si un autre accident se produisait ? s'inquiète le sous-ministre.

— Je peux vous garantir que le prototype qui servira à la démonstration publique lors du lancement est dépourvu de la moindre faille. Nous l'achevons cette semaine.

— Soit. J'attends encore votre versement.

— Patientez encore un peu, dit Simcoe. Vos inspecteurs ne se sont pas plaints du petit supplément pour fermer les yeux, non ? Et vous, avec tout ce que vous avez accumulé depuis la construction du barrage, vous pourriez vous offrir une retraite dorée en orbite, ou bien acheter votre île au sud du Cinquième Continent.

— Vous passez sous silence le juteux profit que vous vaudront ces S.P.E.E.K. « améliorés ». Vous les vendez aux Arcurides pour trois fois leur prix.

— Des modifications cosmétiques de la carlingue trompent vite ces grosses têtes.

— Avez-vous eu des nouvelles de notre taupe ? A-t-il pu enfin éliminer ce maudit arc-capitaine ?

Quelle taupe ? se demande Arran.

Un ricanement de Simcoe coupe le fil de sa réflexion.

— Thorold Callander n'a pas été revu à sa caserne, dit-il. L'arc-colonel déplore sa disparition.

Le clown vengeur n'avait pas songé à cette explication. Un soulagement indécent à l'idée que Callander ait été, comme lui, une cible, se mêle au regret lié à sa mort.

– Et les deux teigneux qui l'accompagnaient?

Arran se raidit. Le sous-ministre était lui aussi au courant de leur visite d'inspection.

– La fille est morte. Vous n'avez pas vu les nouvelles régionales? Un regrettable incendie a ravagé un garage.

Le menvatt serre les poings. Il pense à Zorra, à son sourire et à son corps doux comme un coussin, sur lequel il faisait bon reposer la tête...

– Et le type qui fouinait avec elle aux archives du ministère?

– Notre taupe s'en occupe. Je lui laisse toute la latitude voulue pour opérer.

Arran étreint le pommeau de sa canne, revoyant son biotope incendié. Qui donc est cette taupe? Cette distraction lui fait manquer la phrase suivante. Quand il reporte son attention sur la conversation, le sous-ministre a repris la parole.

– J'espère que votre plan donnera de meilleurs résultats que vos bons à rien envoyés à l'hôtel...

Le directeur s'éclaircit la voix.

– Deux précautions valent mieux qu'une, cher associé. Les mercenaires sont moins dispendieux. Notre homme réussira.

Juste au moment où Arran songe que son intrusion au complexe a été trop facile, une alarme à cent décibels fracasse le ronron de l'usine.

— Qu'est-ce que c'est ? s'écrie Wollas.

— Notre piège vient de se refermer, répond Simcoe, sans cacher sa satisfaction.

Une section de passerelle près du jeune homme s'effondre, tranchée aussi facilement que du beurre.

• • •

L'Odi-menvatt se recroqueville derrière le torse carré d'un robot de montage. Un puissant tir laser l'a manqué de justesse. Il voit Simcoe se pencher par une fenêtre de son bureau suspendu.

— Y a des équipements délicats ici ! crie-t-il. Pas de laser !

— Ben quoi ? répond un des hommes en armure. Vous le voulez ou pas, votre clown ?

Clown ? Les lèvres d'Arran se pressent une mince ligne. Comment Simcoe peut-il connaître son identité de vengeur ? Et comment pouvait-il l'attendre ici, précisément cette nuit ?

Le jeune menvatt dévale les passerelles avec la pale sur son dos. Le bruit de ses pas attire inévitablement ses poursuivants. Il entrevoit des cuirasses gris foncé : mercenaires ou Arcurides, il n'a pas eu le temps de les distinguer. Il court en direction de son point d'entrée, la salle des génératrices.

Un des chariots mobiles passe au-dessus de lui, un rotor suspendu entre ses pinces. Le clown vengeur agrippe le rotor et l'escalade, ses jambes se refermant sur une « pince » du chariot. Malgré son sac à dos alourdi, Arran parvient à se hisser sur le rail derrière le mastodonte. Puis il se tient debout : le rail est assez large pour y marcher si on ne souffre pas de vertige.

À ce moment, le chariot qui roulait devant lui s'arrête. Puis, obéissant sans doute à un ordre lancé par Simcoe, la machine se met à reculer. Pour ne pas être éjecté du rail, le clown vengeur rebrousse chemin vers le S.P.E.E.K. en cours de montage.

Arran comprend – trop tard – que les « ouvriers » qui s'activaient auprès du véhicule n'en étaient pas. L'éclairage, multiplié par la coque étincelante, lui montre des cuirasses dépourvues des insignes d'Arcure. Le jeune homme sourcille : des mercenaires. Ils sont en général de bons combattants.

Alourdis par leurs armures, les poursuivants ne peuvent imiter son numéro d'équilibriste. Ils courent comme des fourmis entre les chaînes de montage.

Des pas résonnent sur une passerelle, non loin. Le menvatt s'immobilise, les pans de son manteau soulevés par les ventilateurs qui aspirent l'air chaud. Il ajuste son couvre-chef, remerciant Odi pour la bande d'élastique intelligent.

Un homme armé a réussi à se hisser sur une passerelle en contrebas. Une main gantée agrippe la rampe, et Arran aperçoit la pointe menaçante d'un lance-dards. Ses réflexes prenant le dessus, le clown vengeur s'aplatit contre le rail, assez large pour faire écran. Une nuée d'aiguilles s'y plantent, les autres sifflant aux oreilles du menvatt.

Le type de l'embuscade à l'hôtel, songe-t-il. Était-ce celui qui lui avait échappé ?

Obligé de changer de direction, Arran saute pour atterrir sur un rail plus bas, la pale creusant douloureusement son dos à travers le manteau. Il avise un robot roulant à travers la fenêtre rougeoyante de la salle de fonte. Le mercenaire le suit, toujours par les passerelles. Il ne peut atteindre les rails, trop élevés, mais il tire à nouveau.

Les pans du manteau du clown accueillent une autre salve d'aiguilles au moment où il se glisse dans la salle de fonte. Une chaleur suffocante l'accueille ; toutes les couleurs du cœur de l'usine sont dominées par le rouge.

Il n'a jamais vu auparavant de fours assez puissants pour faire fondre des minerais et séparer les métaux. Arran distingue à peine les convoyeurs de minerais, éclipsés par le farouche éclat du métal en fusion. Des artères rougeoyantes s'échappent des grands fours, coulant vers une série de bassins et de moules.

Seules des machines opèrent en cet endroit surchauffé. Des bras articulés plongent les pièces fraîchement moulées dans une grande cuve d'eau. Une vapeur constante s'en échappe, portant les odeurs agressives des acides utilisés. Les pièces sont emportées ailleurs par les chariots suspendus.

Arran s'est arrêté trop longtemps : les tueurs à la solde de Simcoe sont entrés à leur tour, par une porte qui se referme derrière eux. Le grésillement distinctif d'une chambre de combustion alerte le novice. Il s'écarte à temps, évitant une autre salve d'aiguilles.

Ignorant la chaleur, le jeune homme se laisse tomber vers une passerelle qui passe entre une colonne de soutien et une grosse cuve de métal en fusion. Un nuage de vapeur l'enveloppe, le cachant à la vue des gardes au sol.

Des pas font vibrer la passerelle derrière lui. L'assassin l'a encore débusqué, son redoutable lance-dards levé. À cinq pas, il ne peut pas rater le menvatt.

Celui-ci analyse en un éclair ses options. Une fraction de seconde avant que le tueur ne tire, Arran lui tourne le dos et s'accroupit en petit bonhomme, tête basse. Une salve d'aiguilles mortelles se fracassent contre la pale ou se plantent dans le cuir du sac.

Il s'écoule en principe une seconde et demie avant que la recharge soit en place. Laissant tomber le sac hérissonné, le clown vengeur enjambe le garde-fou. Il plonge dans le vide avec la grâce d'un nageur, ses bras en croix, canne en main.

Un faisceau d'aiguilles transperce la vapeur à l'endroit où il s'est tenu. Le mercenaire émet un grognement de dépit d'avoir raté sa cible, qui se mue en un cri de surprise.

– Quel idiot !

En sautant, Arran a dégainé son ligoteur. Les fils s'enroulent autour du garde-fou duquel il vient de sauter. Tant que sa main gauche agrippe la détente du ligoteur, le fil ne s'en détache pas.

Suspendu à ce mince fil, le clown vengeur décrit un mouvement de pendule sous la passerelle. Le point le plus bas de la courbe le rapproche si près de la soupe en fusion que le bout de ses souliers fume.

Emporté par son élan, Arran s'éloigne du bol de fusion. Son corps complète le demi-cercle avec un surcroit de vitesse généré par le rayon raccourci du fil. Lorsqu'il remonte à portée de la rampe, le jeune homme se tord comme un trapéziste. Il s'étire au maximum, tendant sa canne par la base.

Si, à cet instant, son adversaire s'était retourné, le menvatt dans son long manteau noir lui aurait offert une cible parfaite. Mais le mercenaire gaspille ce moment à scruter les arabesques liquides du métal en fusion, le sac à dos affaissé à ses pieds. Il se tient à un mètre à peine du nœud de fils du ligoteur.

Le pommeau de bronze incurvé de la canne accroche la rampe avec un tintement creux. Alerté par le bruit, le mercenaire commence à se retourner.

L'Odi-menvatt atterrit prestement derrière lui.

Un coup de talon fracasse la colonne vertébrale du tueur, lui faisant échapper son lance-dards. La force de l'impact le fait basculer par-dessus la rampe. La soupe orange de métal en fusion interrompt son cri de douleur.

Quand Arran se penche à son tour au-dessus du bassin bouillonnant, il ne reste rien, ni de l'homme ni de l'armure.

Les alliages vont avoir un petit arrière-goût, se dit-il, amer. Il rembobine le fil du ligoteur et enfile le sac à dos. Il récupère aussi le lance-dards tombé sur la passerelle, un modèle compact jumelé avec un laser.

Il n'a pas le temps de l'apprécier davantage sous cette chaleur étouffante. Il aimerait relâcher un rire qui intimiderait les autres mercenaires, mais sa gorge l'irrite trop. Sa peau exposée cuirait sans la protection du maquillage. Ses muqueuses sont desséchées.

Les vapeurs acides de métaux toxiques commencent à l'étourdir. Et peut-être à affecter son jugement. Arran se dit qu'il serait facile de retourner dans la salle centrale et d'éliminer Simcoe d'un simple tir laser…

La voix de stentor de maître Joron retentit dans son esprit. *Le gaspillage de vies ne plait pas pour autant à Odi.*

Une bonne vengeance exige de la créativité. Se protégeant le bas du visage contre l'intense chaleur, Arran Noor pointe le laser... sur la cuve d'eau de refroidissement des pièces.

La décharge d'énergie n'est pas suffisante pour disperser les atomes du contenant. Toutefois, l'eau à l'intérieur de la cuve se met à bouillir comme si on venait d'y plonger une pièce chauffée à blanc. Très vite, un épais nuage de vapeur se diffuse. Arran tire, encore et encore, jusqu'à ce que la réserve d'énergie de l'arme soit vidée.

Puis il se débarrasse du lance-dards. L'arme fait un modeste *plouf* qui se perd dans le bouillonnement. Enfin, il s'éloigne des effluves de métal en fusion.

Son fourreau dorsal étant écrasé par la charge qu'il transporte, il coince sa canne dans un arceau du sac à dos. Se déplaçant comme une araignée sur sa toile, il se hisse par une colonne, puis attrape un chariot, pour atteindre les rails. Dans la vapeur, il est invisible. Des traits roses de laser colorent l'atmosphère humide.

Hum, on dirait que la consigne de ne pas tirer ne tient plus, songe-t-il.

Les éventails de traits lui permettent de localiser les tireurs.

Suivant les rails surélevés, Arran a tôt fait de retrouver son point d'entrée. Huit mètres sous lui, il reconnaît la passerelle qui longe les génératrices. Évaluant avec soin son point d'arrivée, l'Odi-menvatt saute, son long manteau claquant derrière lui comme une cape.

Un clown vengeur en forme se moque d'un tel saut, même avec un sac à dos alourdi. Arran Noor a toujours été un bon sauteur, fruit de nombreux exercices au gymnase du monastère. Ses jambes fortes lui donnaient un avantage certain sur ses condisciples.

Une main appuyée sur son chapeau, le jeune Odi-menvatt atterrit et roule sur lui-même pour disperser son énergie. Cependant, l'écho métallique de son exploit se répercute dans l'usine. Le clown vengeur s'est à peine relevé qu'une voix éclate.

– Le voilà, ce sale clown !

Deux gardes viennent de surgir d'entre les génératrices. Armés eux aussi de lance-dards, ils courent vers l'échelle d'accès pour monter vers lui. Pendant que le clown vengeur se sauvait des autres poursuivants, ceux-là refermaient la souricière.

Arran ne peut les attendre sous peine de se voir transformé en pelote d'aiguilles. Il pique pourtant un sprint vers cette même échelle.

Pendant que les mercenaires en gravissent les premières marches, empoignant les barreaux, Arran court droit vers eux. Puis, d'une puissante détente, il saute par-dessus leurs casques. Les mercenaires réagissent trop tard. Deux décharges de dards métalliques se perdent au plafond.

Un instant plus tard, l'Odi-menvatt se reçoit au plancher, six mètres plus bas. Cette fois, le choc de ses pieds contre la surface de béton se répercute douloureusement dans ses genoux et la pale lui entre presque dans le dos. Les mercenaires rebroussent chemin dans l'échelle, le bruissement des chambres de combustion annonçant une autre salve d'aiguilles.

Arran fonce entre les deux génératrices, hors de vue des mercenaires. Devant lui, le passage aboutit sur une impasse.

– On le tient ! s'écrie une voix.

D'autres pas sur les passerelles annoncent des renforts.

– On va le coudre au mur ! grince un autre poursuivant.

D'une main, Arran attrape le guidon qui dépasse de son sac à dos. L'Odi-menvatt tend le passe-muraille devant lui, calculant mentalement la différence de niveau entre le plancher de l'usine et la surface du canal. Pliant ses jambes, il effectue un bond puissant vers le haut, annulant sa pesanteur une fraction de seconde avant de se dématérialiser.

Sourd aux cris de stupéfaction qui s'élèvent dans son dos, Arran Noor s'élève vers le mur… et y disparaît.

Les cris s'éteignent.

La traversée de l'obstacle solide redevient un couloir d'éternité qui s'allonge. Arran en profite pour réfléchir aux mystères d'Odi, aux entrelacs de matière et d'énergie qui construisent l'univers connu. Le vide que traverse son corps existe-t-il vraiment, ou s'agit-il d'une forme plus subtile d'énergie ? Cela expliquerait pourquoi les armes à énergie traversent mal…

Arran ouvre et ferme les yeux dans une totale obscurité, un mouvement lent qui s'étire et s'étire encore, alors qu'il est si pressé. Enfin, son visage émerge de la surface de béton, directement dans l'eau.

Annuler le passe-muraille maintenant ajouterait son volume d'eau en poids supplémentaire. Il cligne des yeux, car en dehors d'un obstacle solide, sa vision est trouble. Il peut percevoir les courants de l'eau, chaque remous défini comme dans un dessin d'enfant.

Ses doigts crispés sur le guidon du passe-muraille, il doit attendre, encore, et prier Odi que l'inertie de son saut le place au-dessus du plan liquide.

Quand Arran peut enfin distinguer le décor et qu'il estime ses pieds tirés d'affaire, il éteint le passe-muraille.

Aussitôt, son élan est coupé comme si une main avait empoigné son manteau. Le menvatt tombe à l'eau et se débat, un pan du long vêtement encore lié au mur. Il avale de l'eau et tousse, alourdi par la pièce dans son sac à dos.

L'Odi-menvatt dégage sa canne de l'arceau. Sa lame jaillit et tranche le tissu de son manteau. Aussitôt, le courant l'entraîne. Il est tenté d'annuler sa gravité sans se dématérialiser : le volume de son corps sans poids le ferait bondir comme un bouchon de liège… Mais il craint trop une nouvelle surprise du dématérialiseur.

L'alerte a été donnée à l'usine : de puissants projecteurs au sommet de la muraille balaient la surface du canal en amont.

Le jeune homme est assez fort pour surnager avec le poids de la pale, mais les remous puissants vont finir par le noyer. Rangeant sa canne, il recourt à son camouflage sous-cutané. Un modeste coussin d'air gonfle autour de sa taille, ce qui compense sa charge supplémentaire. Tenant encore le guidon, il nage d'un bras et bat des pieds. Enfin, sa main libre touche le rebord.

Il parvient à se hisser hors du canal. L'eau ruisselle sur le tissu hydrofuge du manteau, dont un morceau est demeuré soudé au mur de béton. Son costume a bien résisté à l'immersion, sauf le nœud papillon et la marguerite, dont les pétales fanés dégouttent.

Arran tâte la pale à travers son sac à dos. Il a dû en tester plus d'une centaine avant de dénicher celle-ci. Si l'objet a subi des dommages par sa faute, sa valeur comme pièce à conviction sera nulle.

Enfin, il replace le passe-muraille, laissant le guidon dépasser.

Mission accomplie, se dit-il. Il ne lui reste maintenant qu'à gravir le chemin par lequel il est venu, et retrouver la plage où l'attend sa moto.

Alors qu'il enjambe la barrière qui sépare le terrain de l'usine du parc, un vrombissement dans le ciel l'alerte.

Il se retourne. Une silhouette bombée s'élève hors de l'enceinte de l'usine Velocel. Le fameux champ magnétique semble avoir été désactivé pour laisser passer cette mauvaise surprise.

Un laser trace une ligne rouge dans l'atmosphère humide du canal.

M'Odi ! Arran reconnaît le sommet de la « tourelle » qui s'est détachée de son pilier et flotte comme une soucoupe. L'alerte à l'usine est reprise par une douzaine de sirènes voisines.

Il se laisse tomber au sol. Poursuivi par le vacarme des sirènes, il s'enfuit à toutes jambes dans le parc désert. Il zigzague à toute vitesse entre les troncs tachetés des arbres-poubelles et les structures de jeu pour enfants. Derrière lui, la tourelle fouille le parc, ses projecteurs traçant des ovales de lumière.

Le hurlement de sirènes s'amenuise. Les troncs lisses des arbres-poubelles font place au fort relief des écorces de chêne. Arran a atteint le sentier qui monte vers le belvédère du barrage.

La tourelle volante le poursuit toujours dans un rugissement de propulseurs. Pour ne pas offrir une trop belle cible, il quitte le sentier dégagé. Il s'enfonce sous les chênes qui montent à l'assaut de la montagne.

Le couvert forestier forme un écran, mais la pente le fait souffrir. Le sentier, si facile à descendre une heure plus tôt, est devenu à la montée un épais lacis de racines d'arbres qui sollicite durement ses mollets et ses genoux. Les bandes du sac à dos – déjà alourdi par la pale qu'il traîne depuis plusieurs minutes – commencent à lui scier les épaules.

Néanmoins, les branches glissent sans heurts sur les fibres de son manteau. Arran remercie intérieurement le travail des moines de la Cité blanche. Leur atelier de confection ressemble plus à un laboratoire de chimie qu'à un atelier de couture, mais les costumes qui en sortent ont tiré d'affaire plus d'un menvatt.

Se fiant à sa vue nocturne, il louvoie entre les troncs des gros chênes, ceux-là mêmes que son père avait recensés des années plus tôt.

Un nuage de bruine généré par la chute du trop-plein d'eau baigne le sous-bois, soulignant les silhouettes tourmentées des chênes.

Arran se mord les lèvres pour ne pas succomber à la fatigue qui lui suggère de s'étendre pour se reposer... Lorsqu'il se croit assez loin, le menvatt s'arrête pour tendre l'oreille. Un vrombissement assourdi fait fuir les oiseaux.

– Il est là ! fait une voix.

Arran décampe, maudissant les caméras infrarouges qui ont débusqué une cible chaude se déplaçant dans un environnement frais.

De puissantes lampes dardent le couvert forestier, transformant le sous-bois en un tableau noir et blanc. Ébloui, Arran perd de vue toutes les fines nuances de gris qui le guidaient.

Les faisceaux de lumière obliquent et les ombres portées trompent son sens de la perspective. Il trébuche sur les racines qu'il peine à distinguer.

Hors d'haleine, il multiplie les changements de direction. Mais toujours, le rugissement de rotors le rattrape, planant au-dessus de lui comme un nuage d'orage menaçant.

Alors qu'Arran s'apprête à se réfugier derrière le large fut d'un chêne centenaire, un trait orange rate de peu sa tête. L'air ionisé par le rayon laser produit une chaleur si intense que les fibres de son chapeau fondent, y laissant une encoche ronde dans la bordure.

Le rayon parcourt en diagonale le tronc devant lui. Une ligne oblique apparaît dans les motifs rugueux de l'écorce. Dans un grincement sinistre, la section supérieure tranchée du fut glisse lentement contre sa base enracinée. Le regard du jeune homme se fixe, fasciné, sur les cannelures de l'écorce qui se découplent. Une odeur sucrée de cambium frais parvient à ses narines.

Dans un puzzle de cauchemar, la moitié en biseau du tronc s'enfonce vers le sol. Pour un moment obscène, le chêne clivé reste vertical, ses ramilles à peine frémissantes.

Puis le poids des branches privées d'ancrage rompt ce fragile équilibre. Le clown vengeur a tout juste le temps de rouler hors de portée du mastodonte. Derrière lui, le chêne sectionné bascule dans un long bruissement de feuilles.

L'arbre privé de ses racines mettra des semaines à mourir. Les feuilles de la cime seront les dernières à l'apprendre.

Arran Noor serre les lèvres et repart, zigzaguant à travers les troncs encore debout. Le feuillage ne suffit plus à couvrir sa fuite. Pour le moment, seul son entraînement athlétique lui permet de survivre.

Les tirs au laser le suivent, débitant d'autres chênes vénérables.

Il aurait dû insister davantage pour qu'un observateur du Cercle le suive... et porte témoignage, le cas échéant. « Nos meschikhâs sont déjà répartis dans des missions prioritaires », s'est-il fait répondre par maître Troy.

Il a beau courir aussi vite que ses poumons le lui permettent, chaque faux pas réduit son avance. Derrière lui, des arbres fauchés laissent un sillage de mort. Arran est heureux que son père ne puisse assister à cette hécatombe végétale.

Forcé de gravir à toute vitesse une pente inclinée avec une charge dans le dos, le jeune homme est à bout de souffle.

La pale lui semble peser une tonne. Sa coordination en souffre.

Arran coupe à travers une bande de roc exposé. Son talon glisse sur une plaque de mousse humide. Il tombe, son genou gauche frappant durement une arête rocheuse. Le pantalon, fruit de l'expertise des moines, le protège d'une coupure, mais sa rotule subit un choc douloureux. Se relever lui demande un effort de volonté, mais il y parvient, grimaçant de douleur.

Des projecteurs épinglent Arran, ses ombres multipliées forment une étoile noire à ses pieds.

Il lève la tête : la tourelle volante cache la moitié du ciel au-dessus de lui. La chaleur des gaz de propulsion lui assèche les bronches.

– On le tient !

Les points rouges de viseur laser mouchètent son costume et son chapeau.

Ô puissant Odi, je suis prêt, récite le jeune menvatt pour lui-même.

Un calme résigné descend sur Arran Noor. Il attend la décharge d'énergie qui fera éclater son corps comme un fruit trop mûr. Il n'espère plus que retrouver ceux qu'il a aimés.

Russell, Sarnia, Zorra…

Un *crrrac* sonore interrompt sa prière.

Un obus auréolé de flammèches crève le couvert forestier plus haut sur la pente, laissant dans son sillage une trombe de feuilles de chêne calcinées. Le jeune menvatt a à peine enregistré sa trajectoire qu'un deuxième projectile trace une ligne de feu vers la tourelle volante.

Le premier tir rase un des canons de la tourelle sans causer de dommage. Le second, mieux ajusté, frappe un des réacteurs de sustentation sous la nacelle qui abrite les tireurs.

La tourelle déstabilisée se met à tournoyer, ses canons automatiques arrosant le paysage à l'aveuglette. Arran se couche au sol, en même temps que des dizaines de chênes s'abattent autour de lui.

Un troisième tir atteint les réacteurs encore intacts de la tourelle.

L'appareil éclate dans une explosion de flammes et de hurlements. La carcasse cylindrique heurte le flanc de la montagne, des jets de combustible giclant le sol, allumant de nouveaux incendies dans le sous-bois. L'assemblage de métal en fusion, de plastique fondu et d'os humains dévale lourdement la pente, passant dans son propre sillage d'arbres abattus.

Sa trajectoire se termine dans les eaux agitées du canal.

Secoué et soulagé, Arran se prosterne de reconnaissance, enfonçant ses doigts dans l'humus. Pour un moment, l'odeur organique de feuilles mortes supplante celle du feu.

Grâce te soit rendue, Odi !

Mais ce n'est pas le dieu vengeur qui enjambe les branches encore frémissantes des arbres abattus.

À travers sa vue larmoyante, Arran aperçoit une silhouette qui s'avance vers lui, une main tenant le canon d'un lance-roquettes en équilibre sur son épaule. Ce n'est pas un meschikhâs ni un menvatt. Son sauveur s'arrête à quelque pas, des reflets orange dansant sur l'armure et la visière abaissée.

Puis une voix familière s'adresse à lui.

– Alors, le bariolé, t'avais une requête dans le coin ?

16

Plaies et bosses

Arran reconnaît la voix rauque de l'arc-capitaine Thorold Callander. Par contre, il a bonne confiance que ses prothèses dentaires et son maquillage outrancier empêcheront l'Arcuride de reconnaître le préposé aux bénéficiaires.

— Et vous ? rétorque-t-il, abaissant sa voix d'une demi-octave. Qu'est-ce qu'un fils d'Arcure fabrique ici ?

L'homme en armure se détourne pour regarder le canal en contrebas. Les carburants combustibles de la tourelle répandent une nappe de flammes sur le canal. En pleine nuit, il s'en dégage une fumée gris pâle soulignée par les lampadaires au sommet du barrage.

— Je surveillais les lieux pour m'y introduire, dit-il, quand l'endroit s'est allumé comme un feu d'artifice. J'ai compris que quelqu'un m'avait devancé.

— Pourquoi m'avoir aidé ? Les fils d'Arcure détestent les Odi-menvatts !

— Bah ! Disons que je déteste encore plus les mercenaires complices de tueurs en beaux costumes.

Son ton amer reflète la colère d'avoir perdu des soldats sous ses ordres. Arran le comprend, mais il ne peut manifester sa sympathie sans révéler son identité.

Aux yeux de l'Arcuride, il doit rester un «bariolé» sans nom.

– Vous n'êtes pas ma cible, dit-il d'un ton qu'il espère assez neutre.

L'arc-capitaine hausse les épaules.

– Cause toujours, mon bariolé! Y a quelque chose qui m'intéresse dans ton grand sac.

La pale! comprend Arran. Il tente un dernier effort pour désamorcer la situation.

– Je n'ai rien pour vous, dit-il d'une voix ferme qui compense la faiblesse de son argument.

L'Arcuride tape du doigt un écouteur de son casque.

– J'ai capté des conversations sur les ondes entre ces truands. Ils s'émoustillent pour une pièce qui aurait disparu et un clown qui passe à travers les murs. Alors, mon bariolé, si tu me donnes gentiment le contenu de ton sac, je te laisserai partir.

Ennuyeux paradoxe : le menvatt ne demanderait pas mieux, en effet, que d'en finir avec cette affaire. Hélas, pour réussir sa mission et ramener la pale au Cercle, Arran Noor n'a pas le choix. Il doit affronter l'arc-capitaine.

Le jeune homme brandit son ligoteur. Les fils de sa deuxième bobine attrapent... le lance-roquettes que vient d'empoigner l'arc-capitaine.

– Oh non, mon gars, répond-il sur un ton amusé, tu ne vas pas me saucissonner!

Avant que le menvatt novice puisse décrocher sa bobine, l'Arcuride tire les fils vers lui d'un geste brusque. Un poignard effilé a surgi dans son autre main.

Déséquilibré, le clown vengeur doit lâcher le ligoteur pour ne pas s'empaler sur le poignard. Il s'en veut d'avoir perdu du temps en vains palabres avant d'utiliser son arme pacificatrice. S'il avait pu immobiliser Callander, lui expliquer la situation…

À la place, le jeune homme choisit la fuite.

La canne est toujours accrochée au sac à dos. Le microlaser intégré au pommeau aurait pu infliger des coupures sévères à son adversaire, mais il s'y refuse. Arran ne désire pas tuer cet homme qui a fini par devenir un camarade.

Toutefois, si la situation exige du menvatt qu'il en finisse, ce sera au corps à corps.

Dénué de tels scrupules à son égard, l'Arcuride le poursuit. La pente raide oblige le fugitif à mêler course et escalade. À prendre des micro-pauses pour ne pas surcharger son cœur. Il se réfugie en hauteur comme un écureuil fuyant dans les branches le renard qui le poursuit.

Le rugissement de l'eau le ramène à la réalité.

Sous ses pieds douloureux, le terrain s'est aplati.

Arran a atteint l'orée de la forêt. Il fait deux pas sur la route traversant le sommet du barrage qui retient les eaux du Grand Lac d'Arcure. Le trop-plein d'eau libérée rugit, illuminé par la lune. Sur sa gauche s'étire le sentier pédestre qui mène au belvédère du sommet. Plus loin, sa Blind River l'attend.

— Alors, le bariolé, tu ne ris pas?

L'arc-capitaine l'a rejoint sans montrer la moindre fatigue. Il jouit d'une forme physique et d'une expérience de combat que le jeune Odi-menvatt a déjà observées de près.

Le lance-roquettes qui a servi à abattre la tourelle ballotte encore sur son dos. Callander ne s'en sert pas. L'arc-capitaine a-t-il quelque chose à prouver ? Ou bien a-t-il épuisé ses munitions en détruisant la tourelle volante ?

Le menvatt songe à utiliser le passe-muraille pour s'échapper dans une dimension où l'Arcuride ne pourrait le suivre. Mais il rejette l'idée. Il ne peut se dématérialiser en plein combat sans risquer de connaître le sort de son pan de manteau. Il supplie en silence le Grand Odi afin qu'un faux mouvement n'active pas le délicat mécanisme du guidon.

L'Odi-menvatt recule vers l'espace dégagé de la route. Les ombres des branches traversées par la lune jettent des entrelacs sombres sur le sol et sur la cuirasse de l'arc-capitaine qui s'approche.

Arran Noor souffle entre ses dents, résigné.

Il a donné à Thorold Callander toutes les chances de se dégager. Lui en offrir davantage insulterait Odi.

À regret, le clown vengeur desserre les bretelles du sac à dos. Il dégage avec lenteur sa canne-épée de l'arceau, puis laisse choir son sac contre la rampe. Le souffle mou du sac s'écrasant dans l'angle du béton semble donner un signal à l'Arcuride, qui s'élance.

Non, Arran n'a aucune envie de rire.

• • •

Le combat s'engage. Entre le lac et le vide, sur la mince bande de route, les deux hommes échangent passes et esquives.

Le plus jeune ne sait pas s'il doit s'estimer heureux ou honteux que son habileté soit équivalente à celle d'un Arcuride vieillissant.

Le clown vengeur a pour lui souplesse et vitesse, mais la visière abaissée de Callander l'empêche de lire sur son visage les intentions de son adversaire. Il doit évaluer le langage du corps, garder l'œil ouvert.

Le poignard de l'arc-capitaine trace un arc de cercle mortel.

Arran bondit hors de portée, malgré un léger choc. Il n'a pas été touché, mais un courant d'air frais lui annonce qu'il a perdu son nez de clown.

Thorold Callander enlève la boule noire épinglée au bout de sa lame. D'un geste négligent, il l'éjecte. Le nez roule sur le bas-côté de la route. Un sourire se dessine sur ses lèvres, la seule partie du visage qu'Arran peut voir.

– Je peux danser avec toi toute la nuit, le bariolé !

Le menvatt novice réfléchit. Ce combat ne peut s'éterniser.

La tourelle qui achève de brûler va attirer l'attention de légiokhans. Simcoe ne va pas en rester là. Arran doit se débarrasser de l'arc-capitaine puis filer vers la forêt encore proche.

Un plan se dessine dans son esprit.

Il multiplie les coups de canne, alternant à grande vitesse les feintes avec sa lame exposée à un bout, puis les moulinets avec le lourd pommeau de l'autre. Cette technique exige une excellente coordination pour ne pas s'infliger de coupure.

– Dis donc, tu n'as pas l'air de te décider ! se moque Callander.

Sa technique d'alternance semble avoir déconcentré son adversaire. Arran saisit l'occasion : en un quart de seconde, sa main empoigne la canne, puis exécute une rotation.

Le pommeau de bronze entre en contact avec le côté gauche du casque. Le plexiglas de la visière craque et s'étiole.

Callander doit s'en débarrasser pour avoir une vue claire. Arran en profite pour passer sa canne entre les jambes de son adversaire. Une poussée de son épaule fait trébucher l'Arcuride – encore aveuglé par sa visière lézardée – contre la rampe qui jouxte le lac.

Profitant du déséquilibre de son adversaire, le menvatt décoche un coup de pied au gantelet tenant le poignard. La main de Callander laisse choir l'arme. Arran s'évertue ensuite à basculer l'arc-capitaine dans l'eau en contrebas.

Empêtré par son armure, Callander perdrait du temps à s'en extraire, ou coulerait à pic et s'y noierait. Les deux possibilités laisseraient à l'Odi-menvatt amplement de temps pour s'enfuir.

Mais l'arc-capitaine n'est pas né de la dernière pluie.

Sa main libre agrippant la rampe, il appuie un pied sur l'abdomen du menvatt et le repousse. En même temps, il dégage le lance-roquettes, toujours entouré des fils sectionnés du ligoteur.

Il brandit l'arme par le canon, exécutant des moulinets exagérés que le jeune homme évite facilement.

Callander ne tire pas, ce qui confirme au jeune vengeur que les munitions de l'arme sont épuisées. Par contre, il ne comprend pas pourquoi l'Arcuride ne recourt pas au démembreur collé à sa ceinture. Un sens de l'honneur idiot pour un combat rapproché ?

Un talon de botte renforcée frappe les doigts d'Arran. La douleur aiguë à ses jointures lui fait lâcher sa canne. Un violent crochet à la mâchoire lui fait recracher ses prothèses dentaires.

Ses gencives vibrant encore sous le choc, l'Odi-menvatt comprend trop tard que les grandes feintes avec le lance-roquettes étaient un leurre. Les poings et les pieds de l'Arcuride s'avèrent des armes tout aussi dangereuses que son poignard.

Arran exécute un saut périlleux arrière, évitant de justesse un coup de poing qui aurait aplati le cartilage de son nez. Alors qu'il se reçoit au sol, un moulinet le rate de peu ; la crosse du fusil lance-roquettes arrache son chapeau à large bord.

Le clown vengeur se relève à temps pour voir son couvre-chef disparaître par-dessus la rampe. Misère d'Odi !

L'Arcuride profite de son émoi pour abattre sur Arran sa massue improvisée. Le jeune homme roule de côté à temps. Le lance-roquettes fracasse la rampe de béton. Le geste, un rien trop lent, trahit la fatigue de son adversaire.

Laissant choir l'arme lourde, Callander empoigne un pan du long manteau noir.

La suite du combat rappelle au jeune homme que la vie d'un clown vengeur est *aussi* plaies et bosses.

Agrippés l'un à l'autre, les hommes s'échangent des horions, Callander avantagé par ses lourds gantelets et sa cuirasse, Arran exploitant son agilité pour éviter des coups assez puissants pour lui éclater le crâne.

Hélas, chaque fois que le jeune homme parvient à mettre un peu de distance entre eux, son adversaire le rattrape. Il n'arrive pas à récupérer la canne qui gît, tout près, et qui pourrait écourter ce combat.

Ses coups de poing restent sans effet contre la cuirasse et le casque. Ses doigts soudés ensemble, main ouverte, il attaque au visage. Habitué au combat, l'Arcuride protège habilement ses zones vulnérables… et réplique.

Un violent coup au creux de l'estomac coupe le souffle d'Arran. Il a à peine commencé à se plier en deux qu'un crochet de la gauche frappe sa mâchoire. Sa tête pivote trop vite et il n'arrive plus à coordonner ses mouvements. Un goût de sang dans sa bouche lui révèle des dégâts.

Ses muscles se tétanisent. Si Callander l'atteint encore, c'en sera fait de lui.

Une ouverture se présente, sous la taille. Le talon du jeune homme frappe un genou, espérant briser la rotule sous la cuirasse.

L'arc-capitaine tombe avec un gémissement. Le jeune menvatt roule au sol, attrape le sac à dos qu'il n'a pas perdu de vue. À deux mains, il abat ce fardeau, alourdi par la pale d'acier, sur la tête de l'Arcuride.

Le choc fait vaciller Callander. Son dos frappe la rampe du barrage.

Arran lui porte un nouveau coup de pale, délogeant son casque. L'arc-capitaine, étourdi, tombe à genoux. Il esquisse un geste pour attraper son démembreur, mais un coup de pied envoie l'arme rejoindre son casque au bas du barrage.

Même plissé de souffrance, le visage de l'arc-capitaine éclairé par la lune n'exprime aucune peur. Il se redresse, s'appuyant d'une main contre la rampe découpée par les ombres des branches. Sa jambe valide le soutient à peine. Son regard vitreux et le sang qui s'écoule de sa bouche confirment les dommages infligés par les coups de l'Odi-menvatt.

Un coup direct sous le nez suffirait pour l'achever.

Ou bien Arran pourrait l'envoyer valser dans l'eau, ou le basculer dans le vide.

Le clown vengeur laisse tomber son arme improvisée.

Il a gagné.

Il respire à petits coups pour reprendre son souffle, puis il se penche pour récupérer sa canne.

Odi souhaiterait sans doute qu'il inflige une mort propre à son adversaire. Il s'est entraîné des années dans ce but.

Sa paume épouse chaque saillie du pommeau. La lame jaillit. Fine, mortelle. Il exécute un moulinet serré, la pointe de sa lame trace un huit couché, juste devant le visage de l'Arcuride.

Thorold Callander ne paraît pas impressionné.

– T'es pas mal, pour un bariolé, souffle-t-il.

Un flot de vomi mêlé de sang l'interrompt, signe pour Arran d'un important dommage interne. L'Odi-menvatt rétracte sa lame.

— Je refuse de vous tuer, déclare-t-il.

Callander sourit en dépit de la douleur.

— Si ce n'est pas toi qui le fais, ce sera un autre, *le jeune* !

Frappé de stupeur, Arran réalise que les sens aiguisés de l'Arcuride ont percé à jour son identité.

— Thorold, je… je ne peux pas vous…

Alors qu'il bredouille encore, une pointe acérée jaillit de là poitrine de l'arc-capitaine, aspergeant Arran d'un flot de sang chaud. Puis la lame meurtrière se retire.

Thorold Callander s'effondre, son armure percée de part en part.

Sa chute révèle l'intrus qui a profité des jeux d'ombres dessinées par la lune à travers les branches pour se rapprocher des belligérants. Tout à son combat, Arran ne l'a même pas entendu arriver.

Il aperçoit d'abord l'éclat métallique de dents pointues, puis le losange anguleux d'un visage blanchi à la poudre de riz, coupé par la ligne d'un couvre-chef. Le sourire s'élargit, avant de projeter vers lui un éclat de notes cruelles et nasillardes.

Le rire féroce d'un vengeur sur le point d'expédier à Odi une victime tremblante.

Arran a beau avoir été entraîné à produire lui-même cet effet, l'apparition de ce menvatt fantôme le déstabilise. Ses doigts gantés se crispent sur le pommeau de bronze de sa canne.

— Alors, le Bronzé, on sympathise avec des Arcurides ?

Le ton grinçant et malicieux de cette voix lui inflige un second choc.

– Voilà un secret sur son protégé que maître Quinte saura apprécier !

Madoc Killarney enjambe le torse de l'arc-capitaine, brandissant sa canne-épée rougie. Le menvatt fait tourner le pommeau d'or de sa canne entre ses doigts.

17

Or et bronze

Piqué à vif par l'allusion perfide, Arran sent ses joues s'empourprer. Certes, le maître instructeur passait beaucoup de temps avec lui… Mais Ferris Quinte avait aussi été plus sévère à son égard.

Madoc Killarney a dû le suivre ici pour l'espionner. Sur les ordres de maître Troy ?

Sinon, que fabrique son rival dans les parages ? Veut-il venger sans témoin son orgueil blessé au puits de punition ?

Subitement, comme un rayon de lune souligne un détail du paysage, un souvenir lui revient, qui lui avait échappé alors qu'il était tapi dans l'usine.

— Par Odi ! La « taupe » de Simcoe, c'était toi !

Une vague de haine s'élève en lui.

— Mon biotope… c'était aussi toi !

Killarney avait déjà eu accès à son cerveau-logis. Entrer à nouveau pour substituer des grains de café ne lui aurait posé aucun problème.

— Et ça n'a pas suffi, à ce que je vois, dit le meurtrier.

Arran adopte un ton sarcastique pour masquer sa peur.

– Tu as laissé traîner des grains à terre. Pas très pointilleux ! Une erreur qu'un menvatt à pommeau doré n'aurait pas commise.

La pique ne produit pas d'effet.

– Tu es vraiment une belle recrue, le Bronzé, réplique le menvatt. Je m'en suis aperçu dans le puits de punition.

– Et tu m'as suivi ici ?

Killarney a une moue.

– Pas exactement. J'étais plutôt sur la piste de l'arc-capitaine. Puis ce bon vieux Simcoe m'a obligé à rappliquer ici à toute vapeur, pour achever ce que ses mercenaires à rabais n'ont pu accomplir.

Arran revoit la silhouette qui bondissait comme un fantôme sur les rails, le jour de l'inspection. Le sac à dos gît à ses pieds, déformé par la pale. D'autres pièces du puzzle tombent en place.

– À l'usine Velocel, le jour de l'inspection, c'était toi !

Arran serre le pommeau, touchant la plaque qui active le système d'appel. Rien ne se produit.

Killarney émet un grognement amusé entre ses crocs de métal.

– Inutile, j'ai activé un champ de brouillage.

– C'est aussi toi qui as tué Bancroft, pour l'empêcher de révéler la vérité sur les contrôles de qualité. Et tu as maquillé ton crime en requête !

– Tu enquêtes bien, le Bronzé.

– Comment as-tu pu savoir que ce type m'avait donné ce rendez-vous ? demande Arran.

Il songe à toutes les précautions que le malheureux avait prises pour ne pas être repéré. En vain.

Killarney fait tournoyer sa canne d'une seule main, comme une majorette dans un défilé. Dans un sens, arrêt net, puis dans l'autre sens.

– Après avoir raté ma cible, je me suis dissimulé. Je t'observais. J'ai vu Bancroft t'approcher et te parler.

– Mais comment avez-vous pu deviner ce qu'il voulait ?

– Tu n'es finalement pas bien malin, petit Bronzé ! Avec une télélunette, j'ai pu lire sur ses lèvres. Après, je n'ai eu qu'à filer le brave homme après son travail. Bien entendu, j'ai fait le ménage avant votre arrivée.

Arran revoit le cadavre et la flaque de sang, si près de la porte. Un meurtre commis en l'absence de requête.

– Ça va à l'encontre de nos règles ! rugit le jeune vengeur.

– Bien sûr, mais tu ne le répéteras pas !

Le meurtrier fait à nouveau tournoyer sa canne, de plus en plus vite.

– Et vous nous avez attaqués quand on quittait l'établissement ! s'écrie Arran.

Killarney émet à nouveau ce rire discordant qui lui gratte les nerfs.

– Hin-hin-HIN-HIN ! Non… J'étais déjà occupé ailleurs. Simcoe a commis une erreur en confiant à ses petits mercenaires la mission de vous éliminer. Mais bon, c'est un pote du sous-ministre et il paie bien, alors je ne discute pas.

– Tu trahis Odi !

– Il m'avait confié une autre mission…

Un frisson glacé parcourt l'échine d'Arran. Sa poigne sur le pommeau de bronze se raffermit au point d'aggraver la douleur de ses jointures blessées.

– Détruire le garage, comprend-il.

– Je n'ai même pas eu à me salir les mains pour faire brûler ta grosse poule. Après, j'ai filé à ton biotope.

Sa gorge se serre.

– Zorra…, murmure-t-il.

Le rictus de Killarney accentue les cercles rouges sur ses joues.

– Un clown vengeur n'a de relation qu'avec Odi, déclare-t-il.

Ce ton, froid, bétonné de certitude, fait réaliser à Arran Noor ce qu'il a devant lui.

Un dangereux malade, hors de contrôle.

De tout temps, des candidats rusés ont su tromper la vigilance des formateurs. Ces pommes pourries prêtent allégeance à l'Ordre et grimpent dans la hiérarchie, produisant un héritage maudit, altérant les missions de vengeance pour satisfaire leurs pulsions sadiques. Les cas les plus sévères sont étudiés par les apprentis.

Chaque disciple d'Odi se doit d'employer son libre arbitre dans ces situations.

Arran se met en garde, tenant sa canne à l'horizontale devant lui. Au moins, cette fois, il est habillé. Pendant qu'il positionne ses pieds en position de défense optimale, le jeune homme évacue sa peur et sa colère, ne laissant qu'une décision implacable.

Il ne laissera pas ce traître continuer à polluer l'Ordre des Odi-menvatts.

Killarney brandit son ligoteur d'un geste fluide. La part implacable d'Arran note ce choix d'arme. Le meurtrier l'a vu perdre la sienne. Le déséquilibré a l'intention de s'amuser avec lui, confiant en sa supériorité.

Arran est trop proche pour s'enfuir, trop loin pour frapper. Il plonge au sol.

Au moment où la toile d'araignée de liens se déploie, Arran attrape le sac à dos et le projette.

Killarney laisse échapper un cri de rage : les fils de son ligoteur s'entortillent autour de l'objet. La demi-seconde qu'il perd à éjecter son fil perdu donne à Arran le temps de bondir, canne en main.

La ruse de l'arc-capitaine lui a été utile. La lame sortie de sa canne trace un large moulinet.

Son adversaire se ploie vers l'arrière avec la souplesse d'un roseau. La lame rate sa tête et poursuit sa trajectoire, découpant un pan du long manteau soulevé avec le mouvement brusque.

Le bruit mat du vêtement tranché tombant au sol confirme que d'autres armes s'y trouvaient. Maintenant, Arran fait le pari que Killarney n'utilisera pas son laser de canne, par orgueil. Y recourir serait admettre la supériorité d'un novice.

Arran Noor possède, lui aussi, une bonne dose d'orgueil. Malgré la fatigue qui l'accable, il veut venger ses proches et la réputation de l'Ordre.

Les deux menvatts tournent l'un autour de l'autre, s'étudiant mutuellement, un pas de danse devenu un automatisme à force d'entraînement.

Arran songe à tous ses duels d'entraînement au monastère, à ses poursuites sur les toits et les balcons. Il s'évertue à ignorer leur différence de niveau. Killarney est devenu une cible comme une autre.

Une cible qu'il doit faire parler.

– Comment un disciple d'Odi a-t-il pu pactiser avec un représentant du G.L. ?

– Il leur arrive de présenter des requêtes, eux aussi.

La réponse est accompagnée d'une tornade offensive, la lame brillante dessinant une série de figures vers sa gorge. Arran recule vivement contre la rampe. Derrière lui grondent les eaux du trop-plein qui tombent dans le canal.

Il esquisse un pas de côté, riposte avec un coup de boutoir de sa lame.

– Le Cercle filtre ces requêtes illégitimes, dit-il, parlant lentement pour masquer son essoufflement.

Son adversaire tournoie, un fantôme marbré d'ombre et de lumière.

– C'est moi qui recevais les requêtes pour le comité de filtrage. Ah, au fait…

Killarney s'immobilise, le pan intact de son manteau retombant, ses pieds indistincts des ombres portées au sol. Seul son sourire, frappé par les rayons lunaires, brille.

– Il y a une dizaine d'années, le sous-ministre de l'Énergie a envoyé une requête. La somme déposée dépassait par dix celle d'une requête normale.

— Alors, tu l'as laissée passer ?

Pour toute réponse, le clown à canne d'or exécute une série de feintes si rapides qu'Arran voit mal la canne. La pointe disparaît dans les zones d'ombres pour réapparaître, trop près de son visage. Il bondit vivement en arrière, vers les arbres aux ramures cernées d'argent. Dos à la lune, il distingue le corps dynamique de son adversaire.

— Je l'ai officiellement rejetée, continue l'Odi-menvatt sur un ton badin.

Trop badin. Quel piège mental lui réserve le traître ?

Ne pas se laisser faire ! Arran doit se fier sur son intuition, ne pas essayer de suivre des yeux la pointe étourdissante. Hypnotisante.

Yeux mi-fermés, il concentre son attention sur les bras et les mains de son adversaire. Ces indices lui annoncent les mouvements à venir. Il s'esquive de côté à temps. La lame le frôle et empale son manteau.

— Après, j'ai contacté le sous-ministre, poursuit Killarney du même ton anodin, faussement innocent.

Ses dents pointues luisent entre ses lèvres noircies alors qu'il fait un pas de recul. Un de ses pieds marche sur le torse de l'arc-capitaine. Le craquement humide des côtes fait presque vomir le jeune vengeur, tandis que son adversaire semble jouir avec obscénité de cet effet.

Un fou dangereux.

— Tu parlais d'une requête, contrecarre Arran, en lançant une attaque.

Son adversaire hausse un coude, et le corps de sa canne bloque la pointe du jeune homme. Le mouvement de faible amplitude se transforme en une passe habile qui fait presque sauter la canne de sa main.

Un fou dangereux, avec une canne à pommeau d'or, se rappelle le jeune vengeur.

– Wollas travaillait pour faire avancer un lucratif projet de barrage. Il voulait faire disparaître un écologiste trop bruyant…

Les dernières paroles de Killarney tombent dans un gouffre de souvenirs, personnels et brûlants.

La forêt de chênes blanchis par le jet de lumière d'une lampe de poche, la grande main chaude et rassurante autour de ses doigts d'enfant, la voix de Rowan Noor, enrouée, lors d'une discussion animée. *Ils seront forcés de le voir, les chiffres ne mentent pas !*

La colère d'Arran monte comme les eaux du lac après un orage, devient un torrent impétueux qu'il ne peut plus contenir. Le cri jaillit de la gorge d'Arran Noor comme l'eau s'élance depuis le déversoir du barrage, une longue plainte liquide.

– *Papaaaaaa !*

Le cri lui râpe les cordes vocales, un flux de sang bat à ses tympans, un flot de larmes menace sa vue. Une formidable envie de se rouler en boule et de pleurer, pleurer, pleurer, de tout abandonner, l'étrangle. Le cri quitte ses poumons, une expiration suivie d'un hoquet, presque un râle… Au moment où Arran va céder à cette envie, un éclat de lune frappe la courbe d'un casque à la visière fissurée, tombé à terre.

Il ravale tout : peine, deuil, colère, amitié, haine. Il enferme sa révolte dans ces murs et avance vers son adversaire, son pas ferme ne laissant rien paraître de la douleur sur ses disques lombaires, de ses cuisses raidies par la montée, de ses genoux vacillants.

Sa canne en avant, prête à transpercer le cou de Killarney, il s'élance.

Celui-ci danse hors de son chemin. Arran n'embroche que le vide. Livré avec un timbre de voix nasal, le rire de Killarney est un feu roulant de pointes aiguës à la limite du déchirement de gorge.

— C'est assez ironique en effet que je retrouve sur mon chemin le fils de Rowan Noor, dit le menvatt fou.

Il marque une pause, comme pour inviter le jeune clown à répondre. Arran ouvre la bouche pour répliquer. Avant même que sa première syllabe ne passe ses lèvres, Killarney émet un rire digne des meilleurs élèves de maître Joron.

Arran Noor ne peut s'empêcher de frémir, ce qui lui enlève une fraction de seconde de réflexe. L'attaque de Killarney le fait de nouveau reculer contre la rampe.

Anxieux de faire taire ce rire qui joue avec ses nerfs, Arran presse son attaque. Killarney se rit de ses assauts, au sens figuré et propre.

— Et le fils suivra le père, ha-ha-HIN-hin !

Décidément, son timbre de voix écorche les oreilles du jeune vengeur. Malgré les efforts que lui exige le combat, Killarney poursuit la conversation avec un ton empreint de fausse jovialité. Sa respiration ne trahit aucun essoufflement.

– Ton père a été ma première requête illégitime, raconte-t-il. Pas très loin d'ici, en fait…

Le clown vengeur à pommeau d'or exécute une succession de passes, sa lame rentrant puis jaillissant de la canne.

– Je ne savais rien de toi avant cette réunion du Cercle. Un petit bronzé tout frais sorti du monastère… Ha !

La rafale de rire nasillard fait bouillir le sang d'Arran. Sa frustration des derniers jours pousse contre le couvercle de la marmite.

S'il cède à la colère, il est perdu. Killarney, par contre, ne se retient pas de vanter son exploit.

– Tu ne sais pas à quel point ce fut facile de piéger ton paternel, susurre-t-il d'un ton confidentiel lors d'un assaut suivi d'une parade. Dommage que j'aie eu l'ordre que la chose apparaisse comme un accident, sinon je l'aurais charcuté avec plaisir.

– Misérable vermine !

– J'ai adoré jouer les bûcherons. Il n'a rien vu venir, ce pauvre idiot.

L'insulte dirigée vers son père touche Arran en plein cœur. Déjà fissuré, son barrage de contrôle se rompt et tout déferle. Son père, mais aussi Zorra, Sarnia, le petit Russel…

– Que les flammes d'Odi te consument !

Oubliant toute prudence, Arran Noor se jette à corps perdu, coude plié, prêt à se détendre pour transpercer son adversaire. Celui-ci, habile escrimeur, dévie sa lame sans effort apparent. Killarney économise ses mouvements, laissant son adversaire se fatiguer.

Arran glisse sur la pente savonneuse des émotions puissantes. Pressé de venger son père, il lance des assauts de plus en plus imprudents dans l'espoir de toucher son meurtrier.

Au lieu de le ramener à la prudence, chaque échec l'aveugle davantage et le pousse plus en avant. Il se laisse entraîner hors des ombres de la forêt, sur la crête du barrage. Ils sont maintenant bien exposés, deux fourmis noires sautant et bondissant entre le lac et le vide.

Oh père, je veux tant te venger!

La colère mine la coordination d'Arran. Deux éclairs de lame, un pas de côté, tout juste un centimètre trop court.

Un déchirement de tissu.

Un liquide chaud coule sur son pantalon. Puis la douleur l'assaille, une brûlure en haut de la cuisse. Elle s'ajoute au traumatisme lancinant à sa mâchoire, infligé par Callander.

Arran a hérité de la nature fière et passionnée de Rowan Noor. Par une triste ironie, cette passion qui le rapproche de son père lui nuit également.

La souffrance ranime sa raison. Il prend conscience de sa position. De la chute rugissante, trop près.

Dos au vide. Pas bon.

Évaluer ses plaies, sa mobilité.

Du fond du cœur, le novice remercie le maître menvatt qui enseigne la gestion des blessures en combat. La lame adverse n'a pas sectionné son artère fémorale; il a deux minutes de grâce avant que son muscle privé de sang neuf se tétanise.

À lui de bien les utiliser.

L'odeur du sang de son jeune adversaire semble avoir stimulé Killarney. Sa lame dessine au clair de lune un arc redoutable dont Arran ne se tire indemne qu'au prix d'un saut désespéré vers l'arrière. Ses pieds atterrissent sur la rampe de béton.

Le rire sardonique de Killarney accueille sa décision.

– Pauvre petit Bronzé, là, tu ne peux plus reculer !

La surface est tout juste assez large pour s'y mouvoir. Le mugissement de l'eau lui rappelle qu'il danse au-dessus de la vanne de trop-plein. Le moindre faux pas l'enverrait débouler dans la trombe d'eau, une chute qui s'achèverait deux cents mètres plus bas.

Les deux Odi-menvatts s'escriment, chacun puisant dans un art martial raffiné par des siècles.

Arran tient bon, même si son corps va bientôt toucher sa limite biologique. Il conserve son équilibre au prix de nouvelles entailles.

Pour Rowan et Tara Noor, et pour tous ceux qu'il a perdus, il se bat, concentré comme un moine guerrier.

Dans son esprit, la rampe est devenue un large trottoir.

Toutes ces séances d'escrime contre maître Quinte sur les balcons et les toits du monastère se sont inscrites dans ses muscles : il pare les assauts de son adversaire, sautant vers la gauche ou la droite. Sa jambe blessée commence à s'engourdir, mais Arran bondit comme une gazelle.

– C'est amusant, le Bronzé, on dirait une fin de partie d'échecs ! ricane Killarney.

Il recule de trois pas, au milieu de la route. Ses yeux masqués sous l'ombre du chapeau, il observe le jeune homme.

Les points rouges sur ses joues sont des ovales compressés par son sourire.

Arran se souvient des paroles de maître Quinte. *Un excès de confiance…* Transférant une partie de son poids sur sa jambe droite, le jeune Odi-menvatt s'immobilise.

Sous la faible lumière de la lune, il attend, une statue ornant la rampe. Pas un muscle de son visage ne bouge. Même ses yeux ne clignent pas. Sa respiration, abaissée aussi, est devenue imperceptible. Seul mouvement, la brise qui soulève ses cheveux lisses.

Surpris, Killarney hésite. Sa lame et son pommeau d'or dessinent des figures étourdissantes destinées à désorienter son adversaire, qui ne remue pas d'un millimètre.

– Tu veux déjà en finir ? se moque-t-il.

Le regard du jeune homme reste fixe, comme s'il observait une scène de théâtre sous les branches noueuses des chênes à l'autre extrémité du lac.

Avec un rire percutant, Madoc Killarney se rue sur cette cible statique.

– Va rejoindre ton père !

Le clown en équilibre ne bronche pas. Ne cille pas.

Jusqu'au dernier moment.

Arran penche son torse en avant, sa jambe gauche tendue derrière lui pour conserver son équilibre. Profitant la portée plus grande de son bras, il tend d'un geste vif sa canne-épée vers la poitrine de Killarney.

Le meurtrier soulève par réflexe la sienne pour dévier le coup fatal sur sa droite. Les deux lames se frappent en un choc qui résonne dans l'immensité, porté par l'écho du lac.

Avant que cet écho ne se dissipe, Arran change de main.

Son adversaire relève sa lame pour parer cette attaque arrivant d'un angle imprévu. La canne d'Arran trace un U vertical sous la lame.

La pointe de sa lame embroche le poignet droit de Killarney qui n'a pas pu briser son élan. Son rire se teinte de douleur, ses lèvres dessinant une mince ligne. Le sang de l'artère coupée jaillit par saccades, tachant le gant blanc. Les nerfs coupés, les doigts de la main qui tenait la canne à pommeau d'or s'ouvrent.

Les yeux du menvatt fou suivent malgré eux la chute de sa canne, le pommeau d'or jetant un dernier éclat avant de disparaître. Une main a empoigné le col de son costume avant qu'il puisse retirer sa main épinglée. Puis le menvatt se sent soulevé du sol.

L'adrénaline coulant dans les veines d'Arran lui permet cet exploit d'un seul bras.

Sa jambe blessée proteste, mais sa volonté est devenue la volonté d'Odi.

Le rire s'est éteint dans la gorge comprimée par la prise d'Arran. Affaibli par la perte de sang artériel, Killarney plonge sa main gauche dans ses poches percées, cherchant en vain son démembreur.

Arran attire le traître vers lui, sa lame épinglant toujours le poignet de Killarney. Pour un moment, les clowns vengeurs sont soudés sur la rampe dans une valse macabre. Le jeune homme peut sentir la sueur et, oui, la peur qui acidifie l'haleine de l'assassin.

Puis Arran se dégage de son adversaire d'une poussée. Son poignet enfin libéré de la lame, Madoc Killarney bascule vers l'arrière, par-dessus la rambarde.

Sa main valide tente d'agripper un pan du manteau d'Arran.

Ses doigts se referment sur le vide.

Sa chute s'accélère vers l'eau éjectée de la vanne de trop-plein. La puissance du jet plie sa colonne vertébrale comme une allumette. Le rugissement du liquide décompressé empêche quiconque d'entendre le craquement des os, ou son dernier cri.

Happé par le torrent, son corps suit la parabole liquide, un accent circonflexe noir qui disparaît dans le bouillonnement des eaux tumultueuses.

• • •

Un gémissement sourd tire l'Odi-menvatt de sa contemplation. Le capitaine Arcuride a remué. Une flaque sombre s'agrandit sous lui. Le traître l'a embroché près du cœur pour le laisser se vider de son sang plus longtemps.

Arran saute de la rampe.

– Thorold !

Il s'agenouille auprès de Callander, soulève doucement sa tête. Un flot de sang coule entre les dents du vétéran. Les côtes cassées ont percé un poumon. Seuls les puissants adjuvants biologiques des Arcurides ont maintenu l'homme en vie.

— Je ne voulais pas votre mort, balbutie Arran. Il faut me croire, je suis tellement navré… vous êtes le seul fils d'Arcure que j'aurais épargné !

L'arc-capitaine plisse les yeux.

— Mon gars, un Arcuride ne craint pas plus la mort… qu'un bariolé.

Il crache un caillot de sang coagulé. Son poumon percé fait un bruit de soufflet.

— On n'fait pas de vieux os… dans c'foutu métier.

Arran esquisse un sourire dont la douceur contraste avec son maquillage féroce.

— Les Odi-menvatts ne font pas de vieux os non plus, Thorold. Je vous rejoindrai vite.

— Sois pas trop pressé, le jeune.

L'agonisant pose une main sur le bras d'Arran qui le soutient. Son mouvement cause un écoulement de bulles de sang par la blessure.

— Laissé message… Ton hôpital. Pas prévu… t'voir ici.

Le visage de l'arc-capitaine a pris une teinte livide qui fait ressortir les billes grises de ses iris.

— T'es plein de surprises… comme elle.

— Elle ? demande le jeune menvatt.

Callander halète, se noyant dans le fluide qui remplit ses poumons.

— Ta-ta copine… cachée, con… con…

Le congélateur ! se dit Arran. Il revoit les bobines noircies des supraconducteurs. Alors que les flammes de la bombe incendiaire la menaçaient, Zorra a dû les repousser au-dehors pour s'y abriter.

– M'a… m'a contacté…

Les paroles sortent de plus en plus lentement, comme une boîte à musique qui ralentit. La voix de l'arc-capitaine n'est plus qu'un souffle.

– Elle, ta sœur… En sûr'té…

Arran sent un immense poids s'envoler de ses épaules. Il serre la main gantée de l'arc-capitaine dans la sienne. Sarnia, Zorra… Il ferme ses yeux mouillés de larmes.

Quand il les rouvre, Thorold Callander a rendu l'âme, son regard gris fixé vers les étoiles.

Le clown vengeur cherche dans sa tête une prière pour cet Arcuride. Il n'en trouve pas.

Tant pis, il en composera une.

• • •

Loin en aval, une petite boule noire ballotte sur les vagues du canal. Elle passe inaperçue des gardes et des légiokhans appelés sur les lieux.

Le nez de clown de Madoc Killarney poursuit sa route en solitaire.

18

Voltige aérienne

Arran a fermé les yeux de Thorold Callander.

Il récupère canne, ligoteur et pale. Ses doigts tremblent alors qu'il ramasse son nez de clown. Il rajuste son costume avec nervosité. Sa blessure négligée l'élance. Il pige dans une poche un tube de colle cutanée pour refermer les lèvres de la plaie.

Voilà qui devrait arrêter la perte de sang, mais il devra passer un examen après son retour à domicile… Non, il n'a plus de domicile maintenant.

Debout, il contemple le corps de l'arc-capitaine étendu à ses pieds. Un court moment : tout ému qu'il soit, Arran ne peut pas céder à la tristesse.

Avec tout le boucan qui s'est produit, les automates du barrage ont averti les autorités. L'endroit va bientôt grouiller de légiokhans.

Arran évalue la distance pour regagner le belvédère. Avec sa jambe qui s'engourdit, retrouver sa moto garée au bord du lac ne sera pas de tout repos. Une idée bondit dans son esprit.

Killarney n'est sûrement pas venu à pied.

Arran active le petit appareil à rayons X qui l'a aidé à identifier la pale défectueuse. En ajustant les paramètres de l'appareil, il détecte une masse dense et métallique, en contrebas du barrage. Il s'oriente vers le signal.

Des sifflements stridents mêlés de caquètements métalliques annoncent l'approche d'une nacelle de légiokhans ou d'un drone de surveillance. Arran se fond parmi les ombres, s'appuyant sur sa canne.

La forêt dévastée par les tirs de la tourelle exhale des volutes de fumée qui le camouflent. L'Odi-menvatt danse sur les cendres chaudes, silhouette noire parmi les branches qui se consument. À mi-course vers le pied du barrage, le signal de son appareil à rayons X s'accélère.

Arran repère une bosse entre deux rochers. S'approchant, il soulève un filet de camouflage dont les mailles serrées reproduisent la texture ambiante. D'un coup de canne-épée, le jeune homme tranche les mailles. Le filet libère les flancs arrondis d'un petit S.P.E.E.K. monoplace.

Des vrombissements plus sourds s'élèvent, répétés en écho par les flancs du barrage. Arran ne peut pas traîner.

Il n'a pas à forcer l'entrée. Killarney, trop confiant, a laissé l'habitacle déverrouillé. Faute d'espace, Arran cale son sac à dos et sa canne sur le côté de l'étroit siège, puis il démarre les rotors.

À froid, le réacteur qui anime les rotors prend du temps avant d'atteindre une puissance suffisante.

Arran ouvre la trappe murale de l'arsenal de bord. Puis il se sert : démembreur, grenades, nouveau ligoteur… Enfin, le voilà convenablement « équipé pour faire la fête », comme aurait dit feu son père.

D'autres vrombissements couvrent celui des rotors qui chauffent.

Un puissant projecteur balaie le sol encombré de branches calcinées et de troncs coupés. L'écran du radar, projeté devant lui, montre deux points rouges. Un cadran indique que la température optimale du réacteur n'est pas encore atteinte…

Par Odi ! Il ne va quand même pas attendre qu'on le cueille comme un fruit mûr. Sa réserve de patience épuisée pour ce soir, Arran tire le manche de direction vers lui.

Les rotors, qui ont tout juste atteint une puissance de sustentation, protestent. L'appareil vibre, chaque vis et chaque rivet menaçant de se rompre.

Enfin, le S.P.E.E.K. s'arrache du sol dans une explosion de cendres et de brindilles. L'appareil jaillit du parterre forestier comme une flèche, surprenant deux nacelles de légiokhans.

Au risque de provoquer un décrochage par perte de portance, Arran fait grimper l'appareil presque à la verticale. Ses tuyères crachant deux flammes jumelles de gaz plasma, le S.P.E.E.K. rase le mur du barrage. Dès que le lac apparaît, l'Odi-menvatt redresse le cap pour traverser l'étendue d'eau.

Profitant d'un moment de répit, Arran consulte les trajets en mémoire du pilote automatique. Il choisit un retour vers le repaire du Cercle régional, dont les coordonnées figurent parmi les destinations. L'appareil vire vers le nord-ouest. Le jeune vengeur garde l'appareil au ras de l'eau pour ne pas être repéré par les radars.

Mauvaise décision : l'air, fouetté à grande vitesse sous l'appareil, soulève des gerbes de bruine. Cette traînée blanche ne manquera pas d'être repérée… Le pilote rectifie aussitôt l'erreur, grimpant de quelques mètres.

Quand le clown vengeur reporte son attention sur l'écran radar, huit points rouges viennent d'y apparaître. Des points qui se rapprochent, laissant derrière eux les nacelles balourdes des légiokhans. Une escadre de chasseurs Arcurides !

Arran croit pouvoir éliminer un ou deux poursuivants, mais huit…

Le disciple d'Odi doit savoir quand son assiette est pleine, affirmait maître Quinte.

En dépit de son petit volume, le S.P.E.E.K. possède une série de contre-mesures efficaces. Arran largue une bombe qui disperse un nuage d'une très fine poudre. Les grains de sable magnétisé s'infiltrent dans les réacteurs des poursuivants. Très vite, ils ébrèchent les pales des rotors et les autres pièces mobiles.

Le résultat est probant : deux points quittent son écran. Sa vitesse de vol l'empêche d'entendre les explosions au ras de l'eau.

Les autres chasseurs effectuent un détour pour éviter le danger, avant de revenir à la charge. Un tir groupé fait naître une douzaine de missiles sur le radar d'Arran. Celui-ci largue une autre bombe à sable.

Sa tactique a été éventée. Cette fois, les pilotes de chasseur manœuvrent avec une habileté consommée et aucun ne tombe dans le panneau.

Soudain, un choc secoue le S.P.E.E.K. d'Arran. Une torpille a détonné prématurément. L'onde de choc a endommagé un stratoréacteur. Arran se sent comme un roi coincé sur l'échiquier : s'il ralentit, les pilotes Arcurides le descendront. S'il accélère trop, il va perdre le contrôle du S.P.E.E.K.

La panique est un cadeau pour tes ennemis. Le mantra de maître Quinte le calme, assez pour lui faire entrevoir une solution.

Recourir à la troisième dimension.

Il pointe le nez du S.P.E.E.K. à douze heures. L'accélération le presse contre le dossier. Les vibrations liées au stratoréacteur abîmé se répercutent dans son dos et ses bras. Puis sa vue semble se rétrécir, comme s'il regardait à travers une vitre qui s'embue.

Arran n'a guère volé depuis son départ de la Cité blanche, mais les avertissements des formateurs résonnent dans sa tête. Lors d'une accélération dépassant deux *g*, le sang qui reflue vers le bas de son corps irrigue moins son cerveau, causant un aveuglement graduel.

Les chasseurs s'empressent de grimper à sa suite. Les combinaisons que portent les pilotes Arcurides serrent leurs jambes pour régulariser la circulation. Dépourvu de cette aide vestimentaire, Arran sait que le voile noir et la perte de conscience le guettent.

Tenir bon. Tant qu'il peut distinguer ses commandes, ça va. Par précaution, il actionne le protocole verbal de l'appareil, au cas où il perdrait complètement la vue.

« 6000 mètres. Accélération : 2,2 *g*. »

C'est une voix chaude et féminine qui effectue ces annonces.

« 8000 mètres. »

« 9000 mètres. »

Les chasseurs Arcurides grignotent son avance. La vue d'Arran s'est réduite à un étroit tunnel. Par chance, la cabine pressurisée lui permet de respirer un air enrichi en oxygène.

« 10 000 mètres. »

À plus de onze mille mètres, l'air raréfié peut à peine soutenir l'appareil. Les chasseurs ont enclenché leurs moteurs-fusées ; leurs réservoirs de carburant solide produisent une formidable poussée, sans besoin d'oxygène. Les Arcurides vont vite rattraper le fugitif…

C'est le moment d'exécuter mon plan B, se dit Arran.

Juste avant d'être à portée de missile, l'Odi-menvatt rétablit son assiette. Il retrouve sa vue normale avec soulagement. Il effectue un large virage vers le nord.

À l'altitude de douze mille mètres, l'immense réservoir du barrage a l'air d'une longue flaque en zigzag cernée de montagnes. Le centre-ville de Montag semble à un jet de pierre.

Alors que les chasseurs Arcurides, moins manœuvrables, viennent de se redresser, le jeune vengeur repousse le manche de contrôle et plonge.

Il faut toujours avoir un plan B, C et D, car les imprévus arrivent en cascade, disait maître Quinte.

Après un agréable moment d'impesanteur, Arran est à nouveau collé contre le dossier de son siège. La gravité s'ajoute à la puissance de ses rotors pour accélérer sa chute.

« 9000 mètres. »

Ses joues semblent avoir pris une vie indépendante. Il a la désagréable impression que la peau de son visage va se décoller, et que seul son nez de clown la retient en place. Soudain, sa vision se teinte de rouge : commandes, lac et montagnes à peine distincts.

« 8000 mètres. »

Il expérimente l'inverse du voile noir : son accélération vers le bas fait maintenant refluer le sang à sa tête. La pression sanguine n'épargne pas son cerveau.

« 7000 mètres. »

Arran a l'impression qu'une bataille fait rage sous son crâne, comme s'il avait bu. Un Odi-menvatt se doit de consommer peu d'alcool. Le frère Thessalon a toutefois imposé l'ingurgitation d'un bon volume de liqueur pour que les candidats reconnaissent en eux-mêmes les effets délétères. Ce qui a donné une soirée très amusante, mais Arran se souvient surtout des lancinants maux de tête du lendemain.

« 6000 mètres. »

« 5000 mètres. »

Le paysage se replie comme une carte postale autour de la flaque qui s'élargit. Elle devient un plan d'eau noir qui menace d'engloutir le S.P.E.E.K. Si la chute se prolonge trop, la rupture de petits vaisseaux sanguins dans son cerveau menace de causer des lésions.

« 4000 mètres. »

« 3000 mètres. »

Au dernier moment, Arran redresse son appareil. La décélération le cloue sur son siège, mais dans un autre angle, qui libère pour un moment sa vision. Il fonce vers le lac, un acteur important dans l'exécution de son plan.

Le S.P.E.E.K. trace une courbe qui passe tout près des vagues, en soulevant des gerbes d'eau vaporisée. Deux pilotes Arcurides qui le serraient de trop près sont aveuglés. Ils frappent la surface de l'eau à si grande vitesse que leurs appareils se désintègrent. Ailerons, cockpit et pièces tracent des spirales de feu sur le lac. Les réacteurs-fusées explosent, soulevant des trombes d'eau.

Tirant doucement le manche vers lui, l'Odi-menvatt relève son appareil, frôlant de près la crête du barrage. Sa course l'emporte au-delà des usines. Il a à peine le temps de noter les plumeaux des arbres-poubelles du parc.

Derrière lui, un troisième chasseur percute de plein fouet la promenade au sommet du barrage. La collision du S.P.E.E.K. fissure le béton au sommet.

L'ouvrage avait été conçu pour résister à des pressions bien plus élevées que celle de la masse d'eau du lac. Mais cette résistance s'effrite à mesure que les fissures se répandent, et affaiblissent la cohésion du béton.

Le S.P.E.E.K. reste un moment encastré, puis l'appareil se détache et chute vers la base du barrage, entraînant dans son sillage des blocs entiers de béton. Une plaie ouverte creuse la promenade, par laquelle s'évadent les eaux du Grand Lac d'Arcure.

Le déversoir de trop-plein n'existe plus.

Arran a semé ses poursuivants, mais le S.P.E.E.K. trop sollicité ne peut maintenir cette allure. Il survole déjà les quartiers chics de Latchford que le canal contourne. Un claquement de bielles retentit dans la cabine, suivi d'une baisse de niveau sonore du vrombissement. Le réacteur s'est mis en arrêt de refroidissement.

Les commandes ne répondent plus. Arran doit s'éjecter. Il a enfilé le parachute mais, fidèle à l'obscure loi de Murphy, le cockpit refuse de s'ouvrir.

Un bon coup de pommeau de bronze dans le panneau de verre résout le problème. Sans attendre, Arran empoigne le sac à dos et sa canne. Pressant contre lui le sac et son contenu, il passe à travers l'ouverture irrégulière, et saute.

Son parachute se déploie, par chance, sans histoire.

Arran aperçoit la silhouette en triangle de son S.P.E.E.K. s'éloigner dans le ciel.

Le clown vengeur tombe comme une feuille d'automne. Ses sens lui reviennent, avec la rumeur d'une ville.

Il se tourne vers le barrage, encore visible au loin.

Un autre bloc de la muraille se détache. Des millions de mètres cubes d'eau douce et de sédiments accumulés déferlent. Le grondement résonne jusqu'à lui, se mêlant aux sirènes d'alarme. Les usines protégées par une muraille ne subissent que peu de dommages. Mais toutes leurs lumières s'éteignent d'un coup quand les restes du S.P.E.E.K. Arcuride frappent les turbines, tranchant d'un coup l'alimentation électrique.

Arran est trop loin pour voir si le corps de Callander a suivi celui de Killarney.

Sous le nuage de vapeur, le niveau du lac baisse en catastrophe. Le canal ne peut en retenir qu'une faible partie. Un mur de boue chargée de déchets et de troncs décomposés se rue vers le parc. Les plumeaux des arbres-poubelles s'agitent comme pour protester, leurs racines englouties. Par chance, aucun promeneur n'arpente le site à cette heure tardive.

Par contre, les mercenaires et les gardiens qui fouillent encore les alentours du canal sont emportés par la vague.

La mare bouillonnante s'évase vers le sud, envahissant les creux de terrain, submergeant les artères de circulation. Mais sa force diminue à mesure que le réservoir du Grand Lac d'Arcure se vide.

S'il était demeuré sur place, Arran Noor aurait vu ressurgir les cimes des arbres submergés, cette forêt pour laquelle son père avait perdu la vie.

19

Cauchemar pastel

Des gyroptères et des nacelles éclairent les dégâts, leurs faisceaux dessinant des ovales bleus au sol. Dans les immeubles du quartier situé en aval du barrage, des silhouettes s'agitent aux fenêtres, devant l'eau qui couvre les rues.

Par chance pour les habitants des quartiers populaires, le gros de la déferlante a perdu une partie de sa force en s'abattant sur le canal et les parcs d'arbres-poubelles. En conquérant une plus grande superficie, le volume d'eau chargée de déchets (et de quelques corps) diminue.

Très vite, un nouvel équilibre s'est établi entre le reste du barrage et le lac.

Sous la lune, les rues et les fossés brillent. L'inertie guide Arran, enveloppé de noir, vers le sol.

Il reconnaît les jardins clos d'un quartier des hautes sphères, pas très loin de l'endroit où s'était déroulée sa mission « statue ». Les jardins n'ont pas souffert de l'inondation : dans ce quartier tout en collines, les privilégiés ne manquent pas de s'accaparer les sommets.

Le clown vengeur touche le sol sans heurts, les pans de son manteau retombant de part et d'autre.

Une explosion distante lui annonce que son propre S.P.E.E.K. a fini sa course. Si l'appareil s'est écrasé assez loin, le jeune homme aura de précieuses minutes pour disparaître.

Ramassant sac et guidon, Arran examine les lieux.

Il a atterri sur le numéro 8 d'un jeu de marelle inscrit dans le gazon artificiel d'un parc soigné. Pas l'ombre d'un arbre-poubelle ici. Une tonnelle supportant des roses sans épines donne accès à des tables de pique-nique. À une table est accrochée une grappe de ballons colorés qui flottent en l'air. Les rubans et autres petits déchets lui disent qu'une fête de famille s'est terminée depuis peu à cet endroit.

L'ouïe à l'affût du vrombissement de patrouilleurs Arcurides, il échafaude un nouveau plan. Il longe les buissons et s'éloigne entre les murailles des jardins.

Après une minute de marche, l'Odi-menvatt repère une coquette demeure aux murs de grès, ses portes et fenêtres tendues de rubans roses et de lampes de soie. Une fête tardive s'y tient.

Le plan d'Arran, qui a assisté à bien des fêtes d'enfants, consiste à se faufiler discrètement dans la demeure. Les adultes sont tellement en pâmoison devant leur progéniture que ce sera un jeu d'enfant que de se glisser dans un garage pour y voler un véhicule.

Un mini-pulseur électromagnétique récupéré avec ses armes neutralise les caméras de surveillance. Le menvatt se hisse avec effort au sommet du mur d'enceinte, sa canne glissée dans son fourreau dorsal, encombré par le sac à dos contenant le butin pour lequel il s'est tant battu.

Il jette le sac devant lui, puis saute à son tour. La douleur sourde dans ses genoux lorsqu'il se reçoit lui rappelle qu'il a lourdement taxé ses jambes. Sa blessure s'est-elle rouverte ?

Le clown vengeur clopine à travers un terre-plein pour contourner la façade. Alors qu'il passe devant la porte d'entrée, un rai de lumière le fige sur place.

La porte de devant, largement ouverte, découpe une silhouette à contre-jour. Une voix le hèle.

– Eh bien ! Voilà l'amuseur qui se pointe ! C'est qu'on vous attendait !

Une femme entre deux âges lui fait signe d'approcher, son visage ne montrant aucune peur. Son tablier et ses gants blancs l'identifient comme une domestique. À son oreille gauche pend un petit poste de radio-boucle d'oreille qui gazouille des actualités.

Deux quartiers au sud du Grand Lac d'Arcure sont en train d'évacuer leurs résidents. On se perd en conjectures sur la cause de cette rupture, mais des résidents affirment avoir entendu des explosions…

La femme réduit le son et le tire à l'intérieur par une bretelle de son sac à dos.

– Dépêchez-vous, vous êtes en retard, dit-elle.

– Euh…

Arran, trop épuisé par ses blessures pour réagir, se laisse entraîner dans le couloir. *Par le Grand Odi, dans quoi suis-je tombé ?* se demande-t-il.

– Ah la-la ! Je gage que c'est cette inondation qui vous a retardé, hein ? babille-t-elle. Heureusement, y a rien à craindre ici, les maîtres ont construit la résidence en hauteur.

La domestique parle avec un fort accent des îles du Sud. Elle n'a sans doute jamais vu ou entendu parler des Odimenvatts. Tout en babillant, elle le fait passer dans une cour intérieure.

Quand le jeune homme fatigué réalise le sort qui lui est réservé, il est trop tard.

Sous une meute de ballons roses, une douzaine de petites filles en robes claires le considèrent avec curiosité. À leurs pieds, d'adorables animaux en peluche se dandinent pour obtenir des caresses, lançant des petits *cou-hooou ?* flûtés.

Sur une table tendue d'une nappe bleu pâle flotte un énorme gâteau sphérique maintenu par une petite cellule anti-gravité, un luxe. Les mots « Bonne fête, Orillia » sont inscrits en lettres fuchsia sur un glaçage rose pâle. Un lapin – blanc – y sourit de toutes ses dents, une oreille repliée. On attend sans doute les parents avant de découper la sphère.

– Voici ta surprise, Orillia, annonce la femme avant d'abandonner le jeune homme.

Les fillettes s'agglutinent tout autour du clown vengeur dans un grand cauchemar pastel.

– Qui es-tu ? demande une petite fille blonde qui paraît du même âge que Russel.

Arran, pris de court, cherche un moyen de fuir cette horde enrubannée.

– Euh… Je…

– Tu te nommes Euge ?

Cou-hooou?

Un minuscule poney en peluche bleue se frotte affectueusement contre la jambe d'Arran. Le menvatt retient une envie de lui décocher un grand coup de pied. La petite fille se penche et le ramasse. Le poney a des yeux kaléidoscopiques, en plus d'une longue et soyeuse crinière violette.

– Pourquoi tu es tout noir, Euge?

– Je croyais que les clowns aimaient la couleur, ajoute une autre fillette.

– Eh bien, justement, je porte du noir pour mettre en valeur *tes* belles couleurs.

Fiouf! Bien rattrapé, se félicite intérieurement Arran.

– Euge, qu'est-ce que tu as sous ton grand manteau? demande une autre petite fille au minois d'ange.

Elle caresse un lapin boursouflé. L'animal – un mutant? un mécanique? – fixe Arran d'un regard rouge sombre qui lui donne la chair de poule. La formation d'Odi-menvatt compte des lacunes certaines.

– Et dans ton sac à dos, tu as quoi? demande la petite voix.

La vraie réponse : une pale, un dématérialiseur, un démembreur, trois grenades, un ligoteur, un laser de poche, une bombe sonique, sans oublier d'autres gâteries létales de sa canne, judicieusement dissimulée dans son manteau.

– Des jouets et mes boules à jongler, répond-il.

– Pourquoi t'as un nez tout noir? questionne une autre bambine.

Alors que le clown cherche une bonne réponse, la petite Orillia intervient.

— Ben, c'est simple, il a plongé dans un pot de goudron.

Des rires explosent autour d'Arran, qui reprend sa contenance. *Un disciple d'Odi doit être prêt à toute éventualité,* se rappelle-t-il.

Il est temps d'agir. Il a eu de la chance, mais il préfère filer d'ici avant l'arrivée du véritable amuseur public… et des parents inquiétés par l'inondation en cours.

Le clown extrait trois balles d'une poche de son manteau. Leur surface cuivrée capte la lumière des lanternes. Il les soupèse, avant de les lancer toutes les trois en l'air. Il les rattrape une à une avec souplesse.

— Ooooh !

Tout en jonglant avec ses grenades, il se déplace lentement le long du mur d'enceinte. Sous les *Ooooh !* des fillettes et les *Cou-hooou !* de leurs peluches, il évalue mentalement la position du garage.

Lorsqu'il est certain de sa localisation, Arran range ses « boules » dans une poche sécurisée du sac à dos. Il dépose le sac sur le gazon pour en extraire le guidon (et vérifier que la pale ne s'est pas envolée).

— Oh, qu'est-ce que c'est ? s'exclame la fillette, en battant des mains et sautillant.

Rajustant le sac sur son dos, Arran baisse les yeux. La petite princesse au diadème lui rappelle qu'il ne pourra jamais avoir une fille.

Ce sacrifice pèse sur tous les disciples d'Odi.

Il plisse les yeux, puis étire ses lèvres en un sourire dont le maquillage dissimule la tristesse. Il prie le Grand Odi pour que jamais, au grand jamais, il n'ait à exécuter une requête contre la femme que cette enfant deviendra un jour.

Cela aussi est un fardeau que portent en silence les Odi-menvatts.

– Ma chère Orillia, pour ta fête, je vais faire un tour unique.

– Lequel, Euge ?

Il se penche pour saluer les enfants, son chapeau d'une main et le guidon de l'autre. À ce moment, un rire monte en lui, naissant de la crainte, la nostalgie et l'ironie de sa situation.

– Je vais *disparaaaître !*

Puis le clown et son rire traversent le mur.

20

Quadrature du Cercle

Comme deux mois auparavant, Arran Noor fait face aux membres du Cercle régional de Mirage-Nord. Cette fois, il se tient sur la mosaïque qui scelle le puits de punition. Il est convenablement habillé, avec son costume de vengeur, marguerite à la boutonnière, son manteau repoussé par-dessus son épaule.

Il a décidé de son maquillage. Une feuille d'un beau vert foncé remplace le triangle violet sous l'œil droit. Les maîtres menvatts, sans doute pour témoigner de leur reconnaissance pour ses informations, ont laissé passer cette personnalisation. La feuille stylisée est assez arrondie pour évoquer un cercle qui paraîtra noir dans l'obscurité.

Peu de cibles ou de témoins se souviendraient de Rowan Noor, l'écologiste disparu en même temps que sa forêt.

Les fenêtres du Cercle montrent le paysage pierreux de la cordillère où se niche le monastère. Deux Odi-menvatts de la Cité blanche assistent à la rencontre grâce à leurs hologrammes.

Le récit du combat du menvatt novice Arran Noor contre le traître sera ajouté aux archives de l'Ordre d'Odi. Madoc Killarney deviendra un autre épouvantail pour garder les recrues dans le droit chemin.

Aussitôt qu'il a pu le faire sans danger, le jeune homme a contacté l'Ordre et remis le sac à dos à un meschikhâs. Celui-ci l'a rapporté aux moines. Les analyses poussées ont confirmé une défectuosité de la pale.

– L'intention était à l'origine de provoquer une obsolescence planifiée, déclare Arran.

Seule ombre au tableau pour le clown, son nécessaire déménagement dans un autre secteur. Après la tentative contre lui à son logis, le préposé aux bénéficiaires est devenu une ampoule trop lumineuse dans le paysage de son quartier. Pour se faire oublier, il a séjourné quelque temps au repaire du Cercle.

Il a été décidé que le jeune homme emménagera dans un biotope au quatrième étage d'un immeuble vieillot d'Innisfil, une ville de taille moyenne située à cent quatre-vingts kilomètres au sud de Montag. Les autoroutes et couloirs aériens de circulation n'en font pas pour autant un exil, mais il s'ennuiera quand même de la forêt de chênes.

S'il regrette le havre de paix où Sarnia et son neveu lui rendaient visite, il a hâte de se trouver un nouveau travail qui lui servira de couverture. Les résidences de vieillards branchés en réseau ludique ont toujours besoin de préposés costauds.

— En conclusion, termine Arran, je suggère que l'Ordre Odi-menvatt accède à une demande spéciale. J'ai ici une requête en bonne et due forme qui devrait satisfaire les critères du comité de filtrage.

Troy fait défiler la projection en miniature devant ses lunettes d'interface.

— Oh, oh ! s'exclame-t-il. Depuis quand les Arcurides recourent-ils à nos services ?

— Depuis qu'ils font eux aussi les frais de la corruption et de l'incompétence, répond le jeune vengeur d'un ton amer.

La projection de maître Quinte prend la parole.

— Soit, Arran Noor ! Nous examinerons cette demande. Mais il reste cette affaire de barrage. Tout un quartier a été inondé au sud du Grand Lac d'Arcure.

— Il faudrait le renommer le *Petit Lac d'Arcure*, s'esclaffe maître Joron, lui aussi un invité virtuel.

— C'est la première fois qu'un des nôtres se retrouve impliqué dans une destruction à une telle échelle. Encore heureux que les dommages aient été surtout matériels. On ne déplore aucune perte de vie… à part les mercenaires engagés par Trent Simcoe.

La destruction de la tourelle volante a valu au jeune novice une admiration imméritée de ses pairs. Arran a jugé bon de ne pas modifier cette perception afin de taire le rôle joué par l'arc-capitaine.

— Si cette inondation s'était produite dans un quartier pauvre et surpeuplé, l'histoire n'aurait pas été la même.

Le ton sévère de maître Quinte laisse deviner de vives discussions avec le Grand Carimate du monastère d'Odi.

– Ce fut une fausse manœuvre des pilotes Arcurides, affirme le jeune menvatt sans vraiment mentir.

– C'est ce que rapportent aussi les réseaux, souligne Quinte. Le S.P.E.E.K. personnel de Killarney s'étant désintégré au sol, on ne peut retenir que votre version, jeune homme.

Le regard de l'hologramme est rivé sur Arran, qui réprime un sourire.

– Passons, dit maître Quinte.

Il se tourne vers les autres maîtres menvatts.

– À la suite du rapport d'Arran Noor sur le sujet, le passe-muraille a été estimé trop dangereux et instable pour être utilisé par nos disciples.

– Mais le Gouvernement légitime ne s'interdira pas de l'améliorer, intervient maître Joron. Vous attendez que des hordes d'Arcurides s'infiltrent dans nos murs comme des fant*ô*Ô*ô*mes ?

Même à distance, sa voix en impose.

Arran continue de fixer le sol. Ce serait certes un cauchemar que de contempler les macabres décorations prises à jamais dans les murs de la Cité blanche.

– L'Ordre détruira cet exemplaire, mais le monastère conservera les notes portant sur cet appareil, déclare maître Quinte. Une unité de meschikhâs travaille depuis deux mois pour infiltrer les laboratoires de recherche du G.L. et retracer l'origine des fuites.

Ah, voilà donc ce qui les tenait si occupés, se dit Arran.

– Tout Odi-menvatt qui trouvera un appareil similaire dans le cadre de ses missions ou en dehors de celles-ci sera sommé de le détruire. Cette proposition vous convient-elle ?

Les têtes du Cercle s'inclinent les unes après les autres.

Arran laisse échapper un soupir de soulagement. Le jeune vengeur retient les larmes qui lui viennent aux yeux : cette approbation l'émeut autant que la canne à pommeau d'argent que lui présente maître Troy. Il se sent enfin accepté, et non plus regardé comme un novice gaffeur.

– Arran Noor, veuillez accepter votre nouvelle canne. Vous avez fait preuve d'une rare débrouillardise.

– Tuer un capitaine Arcuride et un traître à l'Ordre, la même nuit ! s'exclame maître Troy.

Le jeune menvatt se garde bien de souligner l'erreur.

Jamais l'Ordre n'apprendra de sa bouche la brève amitié qui l'a lié à un Arcuride. Grâce à Thorold Callander, le vengeur solitaire a appris la noblesse cachée dans ce sentiment de loyauté réciproque.

Il soupèse la canne, fruit du travail des moines armuriers, dont le manche et le pommeau s'accordent à sa paume. Le moulage et la modélisation de sa main droite ont conduit à la conception d'une canne personnalisée. D'un coup de poignet, il fait jaillir une lame au tranchant moléculaire.

Il la teste sur un de ses cheveux, qu'il coupe nettement en deux. Il devine dans le pommeau la présence de mécanismes miniaturisés qui l'assisteront dans ses prochaines missions.

– Le menvatt Arran Noor pourra désormais travailler sans supervision, choisir ses collaborations et bénéficier de plus de liberté dans ses déplacements.

Arran ne peut s'empêcher de sourire comme un enfant dans un magasin de bonbons. Il sent soudain peser sur lui les regards des autres menvatts.

– Odi en soit remercié, dit-il. Avant de détruire le passe-muraille, j'aimerais, Maîtres, que vous me confiiez cet appareil pour un dernier usage.

21

Justice poétique

Plus de huit mille personnes se sont assemblées près du terrain d'essais aériens inondé de soleil. Une compagnie de légiokhans tient la foule à distance sécuritaire, ne laissant entrer sur le terrain que les invités de marque et les journalistes triés sur le volet.

Pour l'occasion, le ciel lui-même a été aménagé : une trentaine de ballons orange flottent à diverses hauteurs au-dessus du terrain parsemé de cibles rouges. Des dizaines de caméras bourdonnent dans les airs pour offrir des images au reste du continent. Le beau temps lui-même a été programmé grâce à des milliers de capsules asséchantes relâchées en altitude. Elles ont absorbé et condensé l'humidité ambiante, retombant en balles alourdies sur le terrain.

Le ministre Cochrane jubile : ce n'est pas tous les jours que le Gouvernement légitime a quelque chose de positif à montrer.

D'habitude, les tests et les manœuvres se déroulent hors de la présence des caméras. Toutefois, la crainte engendrée par les accidents médiatisés a motivé Cochrane à rendre publique la présentation du prototype. Son sous-ministre, Dudley Wollas, s'est occupé des détails ennuyeux.

On a monté des tentes et des estrades pour accueillir les invités de marque, avec un bar. Des hôtesses aux courbes étudiées pour distraire les personnes peu intéressées par le prototype circulent, plateaux en main. Un petit orchestre robotisé joue une version instrumentale de *Mon légiokhan à moi*, le succès qui fait valser la quadri-métropole.

Pour Cochrane, cet essai public des nouveaux S.P.E.E.K. sera le point d'orgue qui mettra fin au cauchemar des accidents.

Toute la semaine de préparation de l'événement annoncé en grande pompe, des bruits ont couru au sujet du bris du barrage qui a changé la superficie du Lac d'Arcure, causant une panne de l'usine Velocel. Des clichés d'une pièce mécanique défectueuse ont circulé dans les réseaux, mettant en doute la fiabilité des rapports de qualité du ministère. Il fallait contrecarrer cette mauvaise image publique.

Les médias commandités ont donc mis l'accent sur le clown vengeur que de vaillants légiokhans auraient tué en le jetant du haut du barrage. Les funérailles de l'arc-capitaine Thorold Callander viennent d'être célébrées et rediffusées à travers le Cinquième Continent. Le corps de l'arc-capitaine gisait à un mètre de l'immense brèche. Plus au centre, et il aurait été lui aussi emporté avec les débris.

L'œil exercé du ministre suit une grande blonde qui sert une coupe de champagne à l'arc-colonel Seaforth. Celui-ci, appuyé sur une canne de bois verni, supervise le détachement d'Arcurides.

– Vous exercez un métier si dangereux, minaude-t-elle en lorgnant l'uniforme d'apparat noir constellé de boutons cuivrés.

– Euh, oui, fait l'arc-colonel, qui a du mal à se concentrer sur sa coupe.

La serveuse s'approche davantage, battant ses longs cils.

– Ah, le danger… Je connais, vous savez ? L'autre jour, il y a eu cet horrible incendie chez moi…

Un nouveau battement de paupières monte à l'assaut du vétéran.

Le ministre porte son regard sur sa coupe, vide. Il aurait besoin d'un remplissage avant son allocution.

• • •

L'heure du vol approche. Les invités délaissent le bar pour s'installer dans les estrades, tandis que le public se presse contre les cordons de légiokhans.

– Ce prototype marque le début d'une ère nouvelle pour nos forces Arcurides ! proclame Cochrane, debout sur le podium.

Simcoe et Wollas écoutent le discours, accoudés au comptoir du bar.

Pour eux aussi, le cauchemar se termine. Les témoins gênants ont disparu. On a retrouvé le corps de Killarney, à moitié dénudé par la puissance du jet d'eau, au fond du canal, à douze kilomètres en aval du barrage.

Wollas regrettera sans doute l'habile complice, mais pas Simcoe. En dépit de son efficacité, ce clown de malheur devenait trop gourmand. Bien installé à l'ombre, il reporte son attention sur le podium sur lequel gesticule son patron.

Le prototype a été prêt à temps, malgré le retard causé par le déversement du barrage.

De plus, le coût du contrat d'approvisionnement pour le nouveau modèle a triplé depuis la destruction de l'ouvrage de retenue, assurant le sous-ministre et son complice d'une confortable retraite.

La reconstruction du barrage promet de nombreuses occasions d'enrichissement. Simcoe songe sérieusement à acheter, dès cette année, son île couronnée de palmiers. *Et je n'irais pas tout seul,* se dit-il en observant la sémillante blonde courtement vêtue qui sert le champagne. Il lisse discrètement sa chevelure argentée.

Sans doute fatigué par le soleil qui plombe sur son crâne, mais surtout, notant l'agitation grandissante des gens qui peuplent l'estrade, Cochrane conclut son allocution.

– Et maintenant, voici venu le moment que vous avez attendu.

Il se tourne, offrant son profil aquilin aux caméras flottantes, et lève un bras triomphal. Deux portes du hangar coulissent.

– Voici le modèle *Éclair*!

Une salve d'applaudissements salue l'apparition de la proue argentée du prototype. Le nouvel appareil est poussé par un chariot conduit par un ouvrier en tenue pourpre.

Le fuselage blanc neige du S.P.E.E.K. en impose. Aucune bosse ne dépare ses flancs, les antennes et canons étant astucieusement dissimulés. Seul un petit boîtier de contrôle des flux dépasse entre les tuyères arrière.

Pendant que le prototype est tiré en bout de piste, le ministre quitte le podium pour retrouver la fraîcheur de la grande tente à côté de l'estrade. Des journalistes triés sur le volet posent diverses questions.

– Qu'avez-vous à dire à propos des accidents ?

– Ils ne se produiront plus, affirme le ministre. Le nouveau prototype a été amélioré.

Cause toujours, ricane intérieurement Simcoe. Sa compagnie a touché une grasse subvention pour produire de nouveaux appareils.

La période de questions s'achève sans incident notable. Ministre et sous-ministre quittent la tente, l'arc-colonel les suivant en boitillant. La surface durcie de la piste reflète la chaleur du soleil, mettant le ministre mal à l'aise, mais celui-ci fait bonne figure.

Une main posée sur le flanc lisse, l'arc-colonel Seaforth discute du financement des S.P.E.E.K.

– Le grand guerrier Arcure lui-même n'aurait pas levé le nez sur un tel spécimen, dit-il.

– Et je crois que cet appareil vous donnera satisfaction, affirme Cochrane, hochant la tête.

L'arc-colonel se rembrunit.

– J'aurais quand même aimé que mes équipes puissent l'inspecter.

Trent Simcoe, venu les rejoindre, sourit largement.

– Ce S.P.E.E.K. est en parfait état, dit-il. Il a été révisé par nos techniciens.

À ce moment, trois techniciens portant sur leur combinaison le sigle de Velocel libèrent l'appareil du chariot. L'un d'eux disparaît dans la gueule noire du hangar. La portière d'entrée s'est ouverte, déployant un escalier.

Une coupe fraîchement remplie en main, Simcoe se tourne vers Cochrane.

– Vous aimeriez prendre part au vol inaugural ? offre le constructeur.

– Euh, je pense que mon sous-ministre serait un meilleur choix, grogne Cochrane, agacé. J'ai tendance à souffrir du mal de l'air.

Wollas hausse les épaules en levant les yeux au ciel, la parfaite image du subordonné sur lequel un patron s'appuie trop lourdement. Par chance, le ministre s'est tourné vers l'arc-colonel.

– Eh bien, prenez un parachute, rétorque ce dernier en s'esclaffant.

Une salve de rires accueille le bon mot. Pendant que l'arc-colonel lorgne la courbe du prototype, le ministre bougonne.

– Et vous ? grogne Cochrane. Vous n'avez pas l'air de vous précipiter non plus.

L'arc-colonel lève sa canne, l'extrémité frappant l'alliage luisant.

– Un petit accident en allant chercher ma fille à la fête de sa meilleure amie. C'était le soir de cette inondation, vous vous souvenez ? Les routes étaient particulièrement glissantes.

– Vous avez dérapé ?

– Non, j'ai glissé dans une flaque de boue en descendant de ma nacelle. Je me suis cassé la cheville.

— Bon, eh bien, Arc-colonel, où est votre pilote ? demande Cochrane, impatient de retourner à l'ombre.

— Bresto est le meilleur de sa promotion, vous verrez, dit l'arc-colonel.

Enfin, une silhouette accourt vers eux, sa combinaison à poches zippées multipliant sa stature, la visière miroitante masquant le haut du visage.

— Vous êtes en retard, mon vieux ! grommelle le légio-khan de garde.

Le pilote hoche la tête et monte dans l'appareil. Cochrane et l'arc-colonel boitillant retournent sous le dais.

Le sous-ministre se tourne vers Simcoe.

— Vous êtes sûr de cet appareil ? demande-t-il, mal à l'aise.

— Cessez de vous faire du mauvais sang devant la fine fleur des Arcurides, chuchote Simcoe. Ce prototype va nous rapporter une fortune. De plus, il n'y a aucun danger : je serai moi-même dans la cabine pour cette démonstration.

• • •

Une fois Simcoe et Wollas installés et attachés à leurs sièges, ils patientent pendant les procédures d'inspection prévol. Une bouteille de champagne dans un seau et deux verres sont solidement arrimés au creux d'un troisième siège.

Les techniciens de Velocel ont fait le tour de la carlingue du prototype. Enfin, le pilote à l'avant introduit sa clef codée dans le tableau de bord.

L'appareil s'élève dans un vrombissement atténué. Les passagers peuvent admirer le paysage qui se déploie devant le cockpit. Le prototype est assez large pour asseoir quatre passagers derrière le pilote. Aucun des hommes ne sent de vibration.

– Et alors, messieurs ? demande la voix de Cochrane par le haut-parleur.

– Du velours, monsieur le Ministre, affirme Wollas au micro.

Le pilote grimpe en altitude. L'accélération presse les passagers contre leurs dossiers. Le ciel se fonce à vue d'œil vers un bleu indigo.

Quand le prototype traverse le mur du son, le double BOUM ! secoue la foule au sol. Les coupes de cristal explosent, plongeant l'équipe du bar dans la frénésie.

Le ministre grimace, son pantalon trempé de champagne. Ce qui n'a pas que de mauvais côtés : l'hôtesse à longs cils s'empresse d'éponger les dégâts au sol avec un petit aspirateur.

– Nous vivons des temps tellement dangereux, s'exclame-t-elle, sa voix langoureuse éclipsant le ronronnement de son appareil.

Le ministre reporte son attention sur la démonstration : l'*Éclair* dessine en haute altitude des figures marquées par des traînées de condensation. Puis il plonge pour se livrer à des acrobaties audacieuses. Les spectateurs peuvent suivre les manœuvres grâce aux fumées colorées qui s'échappent des ailerons.

Le nouveau S.P.E.E.K. lance des mini-fusées qui, avec une précision chirurgicale, font éclater un par un les ballons orange.

Les cibles au sol sont pulvérisées en deux passages. Le ministre, excité comme un enfant, bat des mains.

— Superbe ! s'écrie-t-il. Il n'en a pas raté une !

L'arc-colonel hausse les sourcils.

— Je l'admets, avoue-t-il.

• • •

Dudley Wollas ferme les yeux. Il n'aime pas ces acrobaties qui font sautiller le champagne dans son estomac. Pour se changer les idées, il repense au chemin parcouru.

Tous ceux qui avaient tenté de lui nuire avec leurs préoccupations écologiques avaient été éliminés. La fortune avait continué de lui sourire quand un de ses inspecteurs avait souligné une défectuosité dans les pièces produites par l'usine Velocel.

Après avoir pris connaissance du rapport, il avait contacté le directeur de l'usine. Simcoe se livrait, comme d'autres concurrents, à des pratiques d'obsolescence planifiée. Le sous-ministre lui avait offert de taire les défectuosités, moyennant paiements. Simcoe n'avait eu qu'à gonfler les prix des appareils produits pour inclure la commission de Wollas.

Quant à l'inspecteur à l'origine de sa bonne fortune, il avait perdu la vie dans un accident de chasse…

L'entente entre les deux hommes avait fonctionné sans anicroche quelques années. Jusqu'à ce que les premiers accidents se produisent.

Loin de décourager les compères, ces tristes événements avaient fourni un prétexte en or pour adjuger à Velocel le juteux contrat de renouvellement des S.P.E.E.K. pour les Arcurides. Lesquels seraient sans défaut, bien entendu...

Simcoe ordonne au pilote de rétablir l'assiette. Le vol stable permet de déboucher la bouteille de champagne. Il verse le liquide dans les coupes.

– À l'avenir, qui s'annonce fructueux !

Au moment où les deux compères portent la coupe aux lèvres, une secousse fait tomber la bouteille de champagne dans son seau de glace. Des glaçons se répandent sur le plancher. Le sous-ministre s'agite entre ses harnais.

– Hey ! Je croyais les cascades terminées.

L'appareil s'ébranle à nouveau.

– Qu'est-ce que ce qui arrive, Bresto ? s'écrie le sous-ministre.

– Un trou d'air, répond le pilote. Rien de grave.

Il lance à nouveau l'appareil dans des manœuvres à la limite du soutenable. Simcoe comprend : à la limite de tension de certaines pièces, comme des pales. De plus, il sait bien qu'à si faible altitude, il n'y a pas de tels trous d'air.

Dudley Wollas se tourne vers Simcoe. Une nouvelle secousse ébranle le prototype, pendant un virage.

– Vous n'avez pas laissé poser de pièces défectueuses, j'espère, chuchote-t-il.

– Croyez-vous que je serais monté à bord si c'était le cas ? Aucune pièce de qualité inférieure n'a été intégrée à la composition de ce prototype.

Pourtant, même le directeur de Velocel reconnaît les vibrations sourdes de stratoréacteurs désalignés. Les pales des stratoréacteurs ont été vérifiées deux fois avant de quitter l'usine. Le hangar a été surveillé en permanence par des Arcurides. Le choc est typique du flux d'air perturbé par une pale fissurée.

— Il faut interrompre ce vol, dit-il.

— Pilote, ordonne le sous-ministre, nous jugeons cette démonstration suffisante. Posez-nous immédiatement!

— Bien, répond le pilote sans se retourner.

Ce dernier entre les coordonnées d'une destination au pilote automatique. Puis il détache ses harnais, faisant pivoter son banc pour faire face aux deux passagers.

— Qu'est-ce que vous faites? s'écrie Wollas.

Une main gantée le saisit à la gorge. La visière fumée du pilote se rapproche, à tel point que le sous-ministre peut y voir son reflet déformé.

— Vous êtes une limace méprisable, dit l'homme. La seule raison pour laquelle je ne vous fais pas la peau tout de suite, c'est que ce qui vous attend sera encore plus délectable.

Puis il le repousse contre Simcoe, qui s'est levé de son siège. Les deux hommes chutent dans l'espace exigu. Quand ils se relèvent, le pilote a ouvert une trappe de secours.

L'appel d'air décoiffe les dignitaires, faisant valser les verres et les porte-documents. Puis la trappe se rabat.

— Mais, mais, il est fou! s'écrie Wollas.

Simcoe se précipite contre un hublot, ignorant la cabine qui tressaute. Le parachute déployé rapetisse en s'éloignant.

— Il a sauté, dit-il.

— C'est un de ces maudits clowns, j'en suis certain!

— Bon, maintenant qu'il est parti, on peut reprendre les commandes…

Soudain, un accord d'orchestre remplit l'habitacle, si fort que la pression s'accentue sur les tympans de Wollas. En homme cultivé, il reconnaît *L'automne* de Vivaldi.

La sérénité de la mélodie contraste avec leur situation.

Une voix électronique déclame :

«REQUÊTE nº 78-344 de THOROLD CALLANDER et de l'Ordre Odi-menvatt contre le sous-ministre DUDLEY WOLLAS et TRENT SIMCOE pour collusion et négligence ayant causé cent trente-six morts innocentes. Accusations supplémentaires : meurtres de ROWAN NOOR et de TARA NOOR, maquillés en accidents. Châtiment demandé : peine capitale, sous forme de justice poétique.»

— C'est quoi ça, de la justice poétique ? demande Wollas en s'épongeant le front.

— Je crois que c'est quand la punition prend la forme du crime, répond le constructeur.

— Mais alors, ça veut dire que…

Juste à ce moment, un crissement strident les assourdit, comme le bruit d'une craie pressée contre un tableau, amplifié cent fois. Simcoe identifie le son : une pale s'est cassée. Un morceau est resté coincé et frotte contre le cylindre du rotor.

Les tressautements reprennent, cette fois sans s'arrêter. Tous les objets non fixés deviennent des projectiles.

Le visage du constructeur se lessive de toute couleur.

— Les pales ont lâché ? s'écrie-t-il. Sabotage !

Simcoe se rue aux commandes. En vain. Les manettes dansent sur une autre chorégraphie que celle qu'il voudrait leur imposer. Le pilote a verrouillé le tableau de bord.

— Appelez donc des secours ! s'écrie Wollas.

— Il a court-circuité la radio.

— Mais faites quelque chose, bon sang !

Trent Simcoe puise dans son expérience de pilote pour reprogrammer l'ordinateur de bord. Celui-ci reste silencieux comme une tombe.

• • •

Les bras tiraillés par la tension, Arran Noor se laisse descendre comme une feuille détachée de son arbre. Nanti des dernières trouvailles du monastère, son parachute déployé dérive sans qu'aucun radar le détecte. Le revêtement bleu ciel de la face tournée vers le sol le dissimule aux regards. Vu du sol, le menvatt lui-même n'est pas plus gros qu'un grain de poussière, mais un grain de poussière animé de son devoir envers Odi.

Le clown vengeur dégage d'une poche la télécommande. Il presse un seul bouton.

À l'œil nu, rien ne se passe.

Le S.P.E.E.K. de démonstration fonce vers la piste, suivant l'itinéraire préprogrammé par Arran dans le cockpit. Le déséquilibre entre les réacteurs causé par la pale déformée d'un côté imprime un mouvement de roulis à l'appareil.

Le rotor fêlé lance le S.P.E.E.K. une giration si rapide qu'Arran doute que les passagers soient encore conscients… Dommage.

Au sol, la foule a senti l'accroc au programme d'acrobaties. Le noyau dense de spectateurs se dissipe, l'estrade se vide, les gens courant vers la sortie du parc. Les télélunettes du jeune menvatt lui permettent d'assister aux derniers moments du vol.

Puis le prototype percute le tarmac dans un silence irréel.

• • •

Au lieu d'exploser en mille pièces, l'appareil s'enfonce dans la piste comme la mèche d'une vrille, tel un oiseau englué dans une marée noire.

Cochrane aurait cru à une hallucination collective si le prototype ne s'était subitement immobilisé, aux trois quarts englouti. Engloutis, aussi, ses espoirs de réélection.

— Par les culottes du Grand Arcure ! s'exclame un soldat derrière le ministre.

L'arc-colonel ne rabroue pas le juron, obnubilé par le spectacle. Ne dépassent du tarmac gris que les tuyères des réacteurs, juste sous la queue. Plus un ajout qu'il n'avait pas remarqué tout à l'heure. Étreignant sa canne, il se hâte vers la piste.

Une bosse se découpe entre les tuyères, un boîtier qui semble collé en place, duquel émergent deux branches courbes.

Comme un guidon de bicyclette.

• • •

Le jeune homme a calculé le moment exact pour fermer à distance le passe-muraille, qui a redonné au vaisseau sa solidité habituelle. Quant aux occupants, seules les équipes chargées de déterrer la carcasse sauront si le passe-muraille les avait rendus, eux aussi, intangibles.

Avant que l'arc-colonel ou quiconque ait le temps de s'approcher pour mieux l'observer, le «boîtier» explose.

Les spécialistes du monastère avaient déterminé la charge nécessaire pour détruire le dématérialiseur. Ne voulant rien laisser au hasard, Arran a doublé la quantité.

• • •

L'explosion libère un nuage de flocons aux reflets métalliques.

Chaque flocon est un grain sonique : dès qu'il se pose au sol ou sur une personne, l'objet puise l'énergie à même les interactions atomiques des surfaces touchées pour émettre des vibrations sonores.

Même de loin, le jeune vengeur peut capter la douceur des accords du *Printemps* de Vivaldi. Une offrande pour Russel, qui ne jouera plus sur cette terre.

Ce soir, Arran marchera le long des berges de l'ancienne rivière d'Arcure. En souvenir de son père et de sa mère, il composera une nouvelle prière à Odi.

Pour la première fois depuis des jours, Arran Noor sourit.

• • •

Un châtiment de justice poétique est rare parce que très difficile à orchestrer. Il aura fallu la complicité de deux meschikhâs. Les espions de l'Ordre ont remplacé dans l'appareil une pale indemne par la pale défectueuse. Pour sa part, Arran s'est occupé de la substitution du pilote, solidement saucissonné au fond du hangar. Pendant ce temps, les meschikhâs habillés en techniciens mettaient le boîtier entre les tuyères du prototype.

Le jeune Odi-menvatt aurait aimé que ses parents et son neveu assistent à cette vengeance sans fausse note.

Il espère que Sarnia verra son œuvre aux nouvelles. Le message qu'il a mémorisé, celui que l'arc-capitaine lui a transmis avant de mourir, lui revient en tête.

Arran Noor,

Cette capsule restera muette si une autre patte que la tienne la touche. J'avais relevé tes empreintes dans le garage.

Je risque d'être froid quand tu la liras. J'ai échappé à une tentative de meurtre dans la fosse. L'ordre venait de haut, car mon supérieur a fermé les yeux. En écrasant quelques orteils, j'ai appris la complicité de Wollas, le sous-ministre, dans l'affaire des S.P.E.E.K. défectueux. Il est de mèche avec Simcoe. Je souhaite les coincer, mais avec l'assassin qui me talonne, ça ne va pas être évident.

Ce type lâché à mes trousses est trop talentueux pour n'être qu'un simple mercenaire. Je soupçonne que c'est un bariolé qui agit pour son propre compte.

Enfin, je n'ai pas à me plaindre. Je te l'ai déjà dit, j'ai eu une vie plus longue que bien des guerriers d'Arcure.

Quand les bombes incendiaires ont frappé le garage, ta copine pleine de ressources m'a contacté d'urgence. Pendant que les flammes faisaient rage, elle a réussi à se cacher dans un congélateur. Je venais de me sauver de la fosse.

Je l'ai récupérée à la barbe des pompiers pendant que Bruce, mon ancien aide, les distrayait. (Oui, c'est celui qui n'a pas passé son rituel du Phœnix.)

J'ai préféré ne pas attendre que ce saboteur remonte la filière pour éliminer ta famille. J'ai ordonné à Bruce de faire transférer ta sœur ailleurs, en secret. Zorra les a rejoints à la quadri-métropole, sous une autre identité. Ses collègues la croient morte et c'est mieux ainsi.

À l'heure qu'il est, ils doivent être dans une ville de Mirage-Sud, ou dans les îles sous le Cinquième Continent. J'ai ordonné à Bruce de ne rien me dire, histoire qu'une séance de bavardage aux nanobes de vérité ne délie pas ma langue.

Évidemment, je ne t'ai pas oublié, le jeune. Mais arranger les évasions et les changements d'identité a pris du temps. Quand je suis allé à ton biotope en soirée, j'ai trouvé une ruine fumante. Je te croyais mort, mais ta plantureuse voisine de palier m'a dit qu'elle t'a vu fuir.

Alors j'enregistre ce message, que je déposerai à ton lieu de travail. Essaie de rester en sécurité. Je retourne à cette usine où on a failli crever.

Tu vas me rendre un dernier service, mon jeune. Après ce message, tu trouveras une requête. Les crédits et le numéro de compte qui y figurent devraient être suffisants pour satisfaire les tiens.

J'ai noté ta coordination et tes réflexes quand on se faisait canarder l'autre jour. En additionnant cela à d'autres indices, j'ai déduit que tu as de fortes chances d'être un bariolé. Un autre truc qui me fera pendre, mais je m'en fous éperdument.

Bon, il faut que je file.

Il me reste une chose à te dire, le jeune. Tu m'as demandé pourquoi je n'avais pas eu d'enfants, toi, encore triste d'avoir perdu ton neveu. J'ai évoqué la cruauté des rituels. J'aurais dû aussi te dire que les enfants ne sont pas seulement ceux de notre chair. Ce sont ceux que tu choisis, que tu apprécies, que tu aides.

Si j'avais eu un fils, j'aurais aimé qu'il soit comme toi, Arran Noor, même si tu es un foutu bariolé.

La veille, une communication anonyme a confirmé les dires de l'arc-capitaine.

Hébergée avec Zorra chez l'ancien aide de camp de Thorold, la sœur d'Arran se remet de ses brûlures. Il se promet de les visiter une fois la poussière retombée. Du moins, quand *elles* le voudront bien, puisqu'il ignore leur adresse et leur nouvelle identité.

Le danger auquel son amie a été exposée lui rappelle encore une fois pourquoi on interdit aux menvatts de fonder une famille.

• • •

Alors que la foule se remet de sa surprise, la musique diffusée par les centaines de grains soniques s'atténue. Une seule voix s'élève, impériale, impossible à ignorer :

«REQUÊTE n° 78G-344 de THOROLD CALLANDER et de l'Ordre Odi-menvatt contre le sous-ministre DUDLEY WOLLAS et TRENT SIMCOE pour collusion et négligence ayant causé... »

Le ministre ordonne aux médias d'éteindre leurs appareils, trop tard.

Des nodules informatiques cachés parmi les grains soniques se connectent aux terminaux du site et y injectent un virus. Une copie de la requête et les résultats de l'enquête d'Arran s'affichent sur tous les écrans. Puis, avant que les spécialistes puissent intervenir, ces résultats sont propagés dans le réseau de la cité.

La stupéfaction parmi les Arcurides, les légiokhans et les dignitaires se transforme peu à peu en colère. L'arc-colonel serre les poings.

À la fin de la requête de justice poétique, une explosion de rires frappe l'assistance médusée. Les invités se couvrent les oreilles ou piétinent les grains soniques, en vain.

Aucun ne peut étouffer cet éclat de notes amères et glacées qui signalent l'œuvre d'un Odi-menvatt en pleine possession de ses moyens.

FIN

Remerciements

J'ai reçu une formation spécialisée en géographie physique, puis en génie civil et gestion des eaux usées. Mes préoccupations environnementales ont nourri une bonne partie de l'intrigue, car même l'Ordre d'Odi doit s'imposer des limites « écologiques » pour perdurer.

La science-fiction est un art d'imagination ; toutefois, une scène de ce roman a été inspirée par les nombreuses randonnées en forêt avec mon père, à qui cet ouvrage est dédicacé. Mon amour de la science et de la nature a pris racine dans ces promenades.

Merci à l'idéateur de cet univers, Michel J. Lévesque, à mon premier éditeur, Pierre Lavigne, et à Simon Rousseau et Amélie Hamel pour la révision.

DANS LE MÊME COLLECTIF

HÉRITAGE MAUDIT

ALLÉGEANCES

IMMORTELS

DEUX REGARDS SUR L'ÉTERNITÉ

COLLECTION
CORBEAU

ÉDITIONS

www.ada-inc.com
info@ada-inc.com

www.facebook.com/EditionsAdA

www.twitter.com/EditionsAdA